Anna Baar
Divân mit Schonbezug

Anna Baar
Divân mit Schonbezug

Erzählungen

Bibliografische Information der Deutschen Nationalbibliothek
Die Deutsche Nationalbibliothek verzeichnet diese
Publikation in der Deutschen Nationalbibliografie;
detaillierte bibliografische Daten sind im Internet
über http://dnb.d-nb.de abrufbar.

© Wallstein Verlag, Göttingen 2022
www.wallstein-verlag.de
Vom Verlag gesetzt aus der Stempel Garamond
Umschlaggestaltung: Eva Mutter (evamutter.com)
Druck und Verarbeitung: Pustet, Regensburg
ISBN 978-3-8353-5194-3

Die Entrüstung ist für mich der Stift, den die Puppen im Hintern haben, der Stift, der sie in der Senkrechten hält. Wäre ich nicht mehr entrüstet, würde ich glatt umfallen.

Gustave Flaubert

Divân mit Schonbezug

> Da ist etwas in meinem Mund. Hart. Spitz. Scherben! Mutter brüllt *Spuck es aus!* Der Mund füllt sich mit Blut. *Spuck es aus!* Ich schlucke. Der Taxifahrer hupt, schreckt mich aus meinem Traum.

Ich habe nicht aufgezeigt, als der Klassenvorstand anlässlich der bevorstehenden Feiern zum siebzigsten Jahrestag der Volksabstimmung über die staatliche Zugehörigkeit der nach 1918 von Jugoslawien beanspruchten, mehrheitlich von Slowenen besiedelten Gebiete in Südkärnten fragte, wer von uns Schülern zuhause die andere Sprache spreche. Niemand hat aufgezeigt, damals in der Klasse am musischen Stiftsgymnasium der Landrandhauptstadt K., deren Namen in den Erzählungen der da Eingeborenen oder sonstwarum Heimatberechtigten schon oft und oft auf den Anfangsbuchstaben heruntergebrochen wurde, wie man es von Zeitungsberichten über Gewaltverbrecher, Verbrechensopfer und Tatorte kennt. Auch und gerade Dichter hielten und halten es so, notgedrungen vielleicht – oder furchtgedrungen. Und doch beschreiben sie die Gassen, Straßen und Plätze, Menschen und Vorkommnisse, als brauche es zur Gewissheit weder einen Namen noch das bewusste Kürzel noch die Randnotiz *österreichische Stadt*.

Fast zwei Jahrzehnte später werde ich erfahren, dass wir Stiftsgymnasiasten, wären wir ehrlich oder jedenfalls furchtlos gewesen, zu vieren aufgezeigt hätten, als uns der Herr Professor wenige Tage vor dem zu unser aller Freude

schulfreien 10. Oktober nach der Geheimsprache fragte.
Wäre ich wenigstens später ehrlich und furchtlos gewesen,
hätte ich ein Jahr danach auch auf die Erkundigung des
Polizeibeamten auf der Führerscheinstelle wahrheitsgemäß
geantwortet – und auf meinem Führerausweis stünde unter
Geburtsort heute kein falsches K., sondern die inzwischen
exjugoslawische Hauptstadt.

Do you like Tehran?, fragt der Taxifahrer während ich
durchs halbgeöffnete Fenster auf die schneebedeckten Gipfel des Elburs blicke, dahinter das Kaspische Meer, der
Landstrich im Dunst der Ferne als rhythmisch aufblitzender Lichtpunkt zwischen den Häuserfronten, darauf die
Außenmodule billiger Klimageräte, und Satellitenanlagen
und Brustbilder bärtiger Männer. *Yes*, erwidere ich – aber
sofort befremdet, weil sich der Fahrer erkundigt: *Is it nice
where you live?*

Yes, verdammt! Absolut nice! Ich könnte die Landstriche loben. Oder die Nähe zum Meer. Oder viel weiter
ausholen. Manche Volksgenossen, insbesondere die Stadt- und Landflüchtigen von K., die es mit einem Rucksack
oder Trolley voller Gefühle und Erinnerungen bis in die
österreichische Bundeshauptstadt oder in eine andere europäische Metropole oder sogar in die weite Welt geschafft
haben, fragen, warum nicht auch ich längst ganz woanders
sei. Es soll als Auszeichnung gelten, die Frage gestellt zu
bekommen, da sie einem bedeutet, hinausgewachsen zu
sein über den Minimundus.

Was hat jemand wie du in der Stadt K. zu suchen?

Der Frager gibt sich das Ansehen, den Mief überwunden
zu haben, an den er nicht aufhört zu denken. Dass einer,
der es weit gebracht hat, überhaupt Umgang pflegt mit den

Zurückgebliebenen, liegt vermutlich daran, dass er sich im Heimaturlaub trefflich herablassen kann mit der ewigen Frage, einmal mitleidsvoll, dann wieder schadenfroh, immer in der Art derer, die sich im Vorteil wähnen, als wöge der alte Rucksack in einer Großstadt leichter, als sei es ausgeschlossen, als halbwegs heller Kopf in einer Stadt wie K. so etwas wie Glück zu finden, als herrsche da Krieg oder Mangel und Hunger bei vollen Bäuchen.

Is it nice where you live?

Wo ich lebe, Sir, liegt über allem ein Schweigen. Die es zu brechen suchen, sieht man der Reihe nach scheitern. Manchmal kommt ein Reporter, Stimmungen einzufangen, steht wie die alte Kuh vor einem neuen Gatter, doch seine Reportage bestätigt seine Vermutung: Traurige Männergesänge und Gebirgspanoramen, das Humtata-Tätärä, der zünftige Alpenschmäh, Schuhklappern, Kopfsteinpflaster, Dirndln und Krachlederhosen, das Suhlen in der Idylle. Im Bierzelt wird gejohlt und dazu kräftig geschunkelt.

Nice, nice, Baby!

Abgründe, Kippeffekte ländlicher Lieblichkeit: Ein fremdelndes Naturvolk vom Stamm der Bergscheuklappen, dem sich der Reporter wie ein Volkskundeforscher natürlich von vorne nähert, um an der friedlichen Absicht keinen Zweifel zu lassen. Die Eingeborenen, heißt es, haben schon manchen gefressen. Mancher wurde von ihnen brutal in die Flucht getrieben, weil er nicht spuren wollte. Die wenigen Widerständler werden schief gemustert, als hielten sie die Stellung in einem verlorenen Krieg. Meist reden sie sich heraus, geben sich welterfahren, weitsichtig trotz der Berge, die ihnen die Aussicht schmälern, nur um nicht zuzugeben, dass sie selbst nicht wissen, warum sie den Absprung nicht schaffen.

Yes, Sir, it's very nice! Nice bis zum Gehtnichtmehr.

Wenn mich die Traurigkeit längere Zeit nicht besucht, beginne ich, mich heimlich nach ihr umzusehen, wie man sich nach einem aus dem Blickfeld verschwundenen Begleiter umsieht, der einem zwar lästig war, aber wenigstens treu. Fast immer taucht sie dann auf, die liebe Traurigkeit, und ich tu überrascht, wie es Großmütter tun, wenn Kinder triumphierend aus Verstecken springen, die längst erraten sind.

Reden wir von hier, Sir, Ihrem Land, diesem Da. Stellen Sie sich vor: Seit meiner Ankunft hier war ich keinen Tag traurig, nicht einmal bei den vertrauten Einschlafgedanken an vergangene und bevorstehende Tode, die mich als kleines Kind zu einem Gott beten machten, an dem ich zweifeln musste, Gedanken, bei denen ich wieder und wieder weinte und heute noch weinen könnte, im Wissen, dass der Tod weder nur war noch sein wird, aber Allgegenwart ist, in allem noch so Lebendigen und gerade im Noch. Die Traurigkeit lässt mich im Stich, kommt nicht an gegen Schönheit, Fülle und neue Tücke, will sich da nicht einstellen, selbst wenn ich mir, um sie zu reizen, in Erinnerung rufe, was ich verloren habe oder verloren glaube. Glauben Sie ruhig, Sir: Ich stelle sie auf die Probe, werfe Lockhappen aus. Misstraue der Idylle!

Der Fahrer schaut konzentriert. Ich kann es nicht leiden, wenn sich unsere Blicke versehentlich in seinem Rückspiegel treffen. *Look!*, sagt er jetzt und zeigt auf den Porsche Cayenne, der vor uns aus der Seitenstraße biegt, *Very nice car*. Und dann: *What kind of car do you have? – A Landrover. – Oh! Good car! Very nice!*, während ich durchs halbgeöffnete Fenster seines Saipa picknickende Familien auf den Rasenflächen neben der Stadtautobahn sehe und daran denke, wie ich mich in manchen schlaflosen Nächten ans Steuer eines alten schwarzen Landrovers setze und ziellos durch K. kutschiere – *Komm, Traurigkeit, schnall dich an!* – und wie der Hauptdarsteller in einem Neunzigerjahrestreifen des iranischen Filmemachers und Dichters Abbas Kiarostami in elend langen Einstellungen in seinem weißen Range Rover durch die Stadtrandzonen im Norden Teherans kurvt, dieses staubige Ödland zwischen Trockengrasflächen und Stahlbetonbauskeletten, die vorderen Seitenfenster zur Hälfte heruntergekurbelt. Und hinter den Scheiben des Saipa jetzt ein anderer Film, das zweite Gesicht der Stadt; die Ewigkeit eines von gleißenden Blechströmen und offenen Kanälen durchäderten Gartens!

Zur Maulbeerzeit würden manche sogar die Wipfel erklimmen, um die Früchte zu pflücken, schildert der Fahrer, als er bemerkt, wie ich zwei Männer betrachte, die sich auf dem Fahrbahnteiler inmitten der vierspurigen, gegenläufigen Verkehrsflüsse nach einer Baumkrone strecken, Äste schüttelnd und sich nach dem Boden bückend, und wieder die Köpfe im Nacken und so fort und so weiter, und sogleich die Szene des wieder anderen Films, in der ein zugestiegener Fremder dem Mann am Steuer des Rovers erzählt, wie er eines Morgens, lange vor Tagesanbruch, ein Seil in den Kofferraum warf und sich auf den Weg zur Maulbeerplantage machte, wo er, da es nicht glückte, das Seil über einen der dickeren Äste zu werfen, den Baum erklettern musste, um es anzubinden. Und wie er beim Festzurren des Seils nicht widerstehen konnte, sich eine der saftigen Maulbeeren zwischen die Lippen zu schieben, dann eine zweite, dritte, und wie er, der Tag brach an, plötzlich Stimmen vernahm und ein paar kleine Kinder, wohl auf dem Weg zur Schule, neugierig näherkamen und ihn ermunterten, die Äste kräftig zu schütteln, um Sekunden später dankbar und himmelhochjauchzend die Maulbeeren einzusammeln. Und wie er das Seil dann löste und sich, den Mund voller Süße, das Vorhaben doch versagte.

Leben, halt an, ich will aussteigen, gibt der Fahrer zurück, als ich ihn bitte, den Schriftzug auf einem Lastwagen zu übersetzen, und der Mann im Film fährt im Schritttempo neben dem Fußgänger her, *If you've got money problems, I can help,* und der Passant steigt zu, fragt nach der Gegenleistung, und Lady Liberty erscheint auf einem Graffiti als grinsender Totenschädel. *Iran is not IS*, klärt mich der Fahrer auf. *We are normal, you know*. Dann dreht er das Radio lauter, Dudelsack, Tombaks, Männergesang – Frauen dürfen nicht singen, doch ich erinnere mich, wie ich mit diebischer Freude über den Unrechtsbruch leise mitgesummt habe, als ein Touristinnengrüppchen im Hinterhof des Basars *Alouette* angestimmt hatte.

Im Spiegel die Augen des Fahrers, der sture Blick nach vorne, und dann, zu Trommeln, Ouds und Bandarigedudel, verliert sich das Spiegelverkehrte im Weißrotgelb der Standarten und prachtvollen Trauerkranzschleifen, die an den Jahrestagen der Kärntner Volksabstimmung zu anderen Männergesängen im eisigen Herbstwind bammeln, und die Stiftsgymnasiasten senken den Blick aufs Schachbrett der langen Arkadengänge und stimmen ein in das Schweigen ruhmreicher Heldenlieder. Und jedes Kind weiß, dass im Schweigen die größeren Dinge hausen.

Die Wahrheit bleibt unzumutbar.

We are Aryans too. Habe ich richtig verstanden? Das Radio ist zu laut, ich will ihn auf keinen Fall bitten, den Satz zu wiederholen, will *We are not* entgegnen, um dann doch nichts zu sagen. Wieder nichts, wie einst, Jahre bevor der Hauptmann von den Feierlichkeiten zum 88. Jahrtag des Kärntner Urnenganges bei Nacht und Nebel heimfuhr und ich endlich kapierte, warum ich mir einst so fest auf die Zunge gebissen habe, dass sie immer noch blutet.

Da war was am Straßenrand. In den Scherbenprismen spiegeln sich tausendfach Leuchtreklamen und Lichter.

Der normale Mensch unternimmt nachts keine Fahrten in seinem alten Rover, nur weil ihn eine Sehnsucht nach unerreichbaren Zielen am Ein- oder Durchschlafen hindert. Er läuft nach Einbruch des Dunkels nicht in den nächsten Wald, um seinen Mörder zu treffen oder seinen Erlöser. Er meidet gefährliche Länder und muss nicht ständig erklären, dass er sich neue Gesichter beim besten Willen nicht merkt und keine Namen und Nummern und niemals einen Witz, dafür den ganzen Wortlaut von *Gentille Alouette.* Er findet nichts dabei, wenn einer, *Je te plumerai la tête,* bloß *We are normal* sagt oder von Ariern redet. Er wäre nicht stolz darauf, selbst weder noch zu sein. Seine Plätze sind hell. Seine Sicht auf die Welt: nicht der verlorene Blick durch dreckige Windschutzscheiben. *Et la tête / Et la tête.*

Der normale Mensch ist und bleibt Realist. *Alouette, Alouette.* Und wenn er doch einmal träumt, dann gewiss nicht von Flucht. Er weiß, er kann gar nicht flüchten, weil jeder Fahrweg zur Sackgasse wird, sobald die Heimat, *O-oh,* in seinem Rückspiegel auftaucht.

Der normale Mensch weiß seine Herkunft zu schätzen, weiß, wo er hingehört. Das Wort ist ihm unbedenklich und das Auto kein Fetisch. Er glaubt nicht an einen Film, in dem der Geschmack von Maulbeeren einen Lebensmüden am letztlichen Heimgang hindert. Mit ihm ist gut Kirschen essen. Er lässt die Vergangenheit gut sein und spuckt seine

Kerne weit und schielt nicht nach seiner Trauer, wenn sie ihn sitzenlässt.

Der normale Mensch schreibt nicht: Was aus dem Radio des klapprigen Saipa tönt, erinnert mich an die Lieder, die an den Nachmittagen ausgewalzter Sommer aus dem Weltempfänger meines Großvaters dröhnten und mir den Orient tief ins Kinderherz pflanzten und es dehnten und spreizten, obwohl ich noch gar nichts wusste von turmhohen Ziegelkuppeln und den schweren Aromen auf den Umschlagplätzen der Wünsche und Tropenträume, und nichts von Akataš, Hafis oder dem Ursprung der Arier, nichts von Shirin und Farhad, aber schon alles vom Duft der Feigen, grünen Mandeln und Granatapfelblüten, vom Sound der Tamburs und raschelnden Reisbundbesen, der Süße vollreifer Maulbeeren oder der klebrigen Masse, die man anderswo und überall, nur nicht hier, *Türkischer Honig* nannte. Und alles wusste das Kind über Opanken und Kelimtaschen mit Quasten. Denn Balkan hieß: Seelenwiege, und Kiarostami schrieb von *ungehorsamen Träumen*.

Ob sich Widerstand lohnte?

Der normale Mensch heult nicht bei *Underground* von Emir Kusturica, findet es aber lustig, dass er das letzte Geleit zu Ehren des Marschalls Tito mit *Lili Marleen* unterlegte. Er redet nicht so geschwollen, schwatzt nicht so konstruiert, weiß, dass jede Erzählung etwas zum Lachen fordert, sobald es um Finsteres geht. Tito war fast 88, als er hinüberging. Der normale Mensch mag das nicht merkwürdig finden. Er fürchtet Kitsch und Pathos und traute sich nie, zu behaupten, eine Windschutzscheibe sei in Wahrheit ein Bildschirm. Das Lied von *Lili Marleen* zu den schwarzweißen Bildern: kleine Pioniere, die selbstgepflückte Buketts auf die Gleise legen, ehe der *Plavi voz* mit dem einbeinigen

Leichnam in Richtung Beograd über die Stränge donnert. Menschen wie du und ich, die in Stofftücher rotzen, vielleicht in der leisen Ahnung, nicht nur den lieben Marschall zu Grabe tragen zu müssen, sondern ein ganzes Land. Seht die Staatsoberhäupter hinter dem Sarg herschreiten: Honecker, Schmidt, Saddam, Gaddafi, Ceauşescu, Breschnew, Arafat, Hans-Dietrich Genscher, vier Könige und fünf Prinzen, an die sechzig Minister und andere hohe Tiere – schweigsam wie die Zebras, Affen, Giraffen, Geparden und indischen Elefanten auf der Insel der Seligen, wo der Weißuniformierte mit der englischen Queen zum Walzer das Tanzbein schwang, als er noch beide hatte, während Widersacher auf einem anderen Eiland in einer Art Hölle schmorten. Später erwies ihm ein Todfeind die erste und letzte Ehre, sechs Jahre vor der *Affäre*, die nicht dazu angetan war, der Erinnerung des einstigen braven Soldaten auf die Sprünge zu helfen und die Schattenbilder aus Jugoslawien zu lichten – Massaker an Partisanen, Morde an Frauen und Kindern, die Auslöschung ganzer Dörfer –, sondern vielmehr dazu führte, dass ihn sein Volk, *Jetzt erst recht!*, zum Präsidenten kürte. Balkanoberkommando! Silber mit Eichenlaub für das *tapfere Kämpfen unter feindlichem Feuer*!

Der normale Mensch wird das nicht merkwürdig finden, wird nicht zum Kettenhund eigener Assoziationen, wird bei Gelegenheit nicht auf den Film zurückkommen, in dem ein Typ mit buschigen Brauen und traurigem Schlafzimmerblick durch halb Teheran kurvt, nur um einen zu finden, der sich bereiterklärt, das ausgehobene Loch sorgfältig zuzuschaufeln, sobald er darinnen liegt und die Tabletten wirken. Er pfeift auf den Blutgeschmack und auf den Geschmack der Feigen.

Da ist was in meinem Mund! Die Mutter, wieder, *Spuck aus!* Ich spucke es auf den weißen baumwollenen Schonbezug ihres geliebten Diwans. *Aber das sind ja Maulbeeren – und ich dachte schon …!* Ihr Lachen zerläuft in der Hymne, die vor der Granatapfellesung im Festsaal einer Uni aus den Lautsprechern dröhnt. Nachher umringen mich Frauen, mustern mich freundlich und so, als hätten sie Kameras anstelle gewöhnlicher Augen. Manche stecken mir Zettel und Kärtchen zu, darauf Namen, Nummern, Herzen und E-Mail-Adressen, und reichen mir Plastikboxen mit pickigen Blätterteigtaschen. *Salam! Salam! Salam!* Irgendwann winke ich ab. Wo habe ich aufgeschnappt, dass es sich hier nicht gehöre, restlos aufzuessen, weil es dem Geber bedeute, er habe zu wenig gegeben?

Do you like this one? – Yes. Ich habe gar keinen Hunger. *It's with rosewater syrup.* Eigentlich mag ich nichts Süßes. *Yes, very nice! Very nice!* Ich kenne das von zuhause. *I know that from my country. – You eat that in Austria too? – Yes, but no … I mean … I was born in former Yugosla …*

Die Blenden der Kameraaugen werden auf einmal weiter. Ihr Onkel sei dorthin gereist, um an der Seite der bosnisch muslimischen Brüder gegen die Serben zu kämpfen, sagt eine der jungen Frauen, und *We are Aryans too*. Diesmal bin ich sicher, richtig gehört zu haben. Viele seien dort gewesen, stimmen die anderen ein und erzählen Anekdoten, während ich in mir verschwinde: Mich dürfte es gar nicht geben, wegen der Rassengesetze.

You should try this one. It's made from pomegranate syrup. Eine sagt, ihr Vater sei nicht mehr heimgekehrt.

Europas letzten Krieg haben sie hier wacher und bitterer mitbekommen als die große Mehrheit meiner eigenen Leute, die die Nachbarn zwar, den Spendenaufrufen sei Dank, in Not und Bedrängnis wussten, aber sich selbst überließen. Wozu die Augen erheben, wo man es doch gewohnt war, auf sie herabzuschauen? Die von *da unten* galten weder als Brüder noch Freunde, und eigentlich nicht einmal als echte Europäer. Balkan also, wieder.

Have you ever been there? – Bosnia? – Yes. – Of course! – Is it nice there? –

Nice?

Endlich wieder im Taxi, frage ich meinen Fahrer, warum es hier üblich sei, Sitzmöbel und Koransuren oder das Bild des Bärtigen durchsichtig zu verhüllen, originalverschweißt oder in Folie gewickelt. *In order to protect good things from dust and dirt*, das sei den Leuten wichtig, und ich frage nicht weiter und denke an Plastikhäute, die das Schöne und Gute, vergilbt, verstaubt und verdreckt oder längst durchgewetzt, nicht wirklich bewahren können, aber grausam entstellen, und denke auch an die weißen Schonbezüge der Mutter, über den Diwan gebreitet, um den Originalstoff vor Schmutz und Verschleiß zu schützen, auch um den Preis, dass man ihr hochgeschätztes Brokat mit dem Gold-Jacquard-Muster, beim Tapezierer bestellt, weil es so wunderbar mit den Vorhangquasten und Zierpolstern harmonierte, kaum je zu Gesicht bekam, höchstens zwei-, dreimal im Jahr, wenn der Baumwollschoner für die Dauer eines besonderen Gästeempfangs in einem Wandschrank verschwand.

Man nimmt das Plumpe in Kauf, um das Schöne zu schonen, bewahrt es knausrig für später und sehnt sich nach den Zeiten, die in Geheimladen nisten und unter Plastiktischdecken, in Einbänden, Folien, Kisten so lange ihr Dasein fristen, bis sie unbrauchbar sind, ganz aus der Zeit gefallen, wie der *Vučko* aus Filz, Großmutters Gelegenheitskauf vor den Olympischen Spielen. Stolz auf ihr Sarajevo als Gastgeberstadt der Welt wurde die Ungelenke auf ihre alten Tage auf einmal sportbegeistert. Alle Kinder mussten still vor dem Fernseher sitzen bei der Eröffnungsfeier im extra renovierten Koševo-Stadion, während sie Kette rauchte, da zu befürchten stand, dass der Strom wie gewohnt auch dieses Mal ausfallen könnte. In den Tagen darauf gab es anstelle des *Crtić* Schifahren und Eiskunstlauf.

Keines der Kinder durfte das hässliche *Vučko*-Wölfchen aus der Verpackung nehmen, einer quadratischen Schachtel aus transparentem Plastik, geschweige denn damit spielen.

Wohin jetzt mit dem Maskottchen? Die Großmutter hat mir den *Vučko* geschenkt – zwanzig Jahre nachdem ich die Ohrfeige kriegte, weil ich beim Riesenslalom für Hubert Strolz Daumen drückte anstatt für Jure Franko, der auch ohne mein Zutun die erhoffte Medaille für Jugoslawien brachte. Sie war in das Alter gekommen, da man langsam bemerkt, das zeitlebens Angehäufte nicht mehr tragen zu können. Alles stand abgestanden, nutzlos, wie eingewintert.

Heute liegt das Wölfchen originalverpackt in meinem Abstellregal mit den Fürspäterdingen. Ich bringe es nicht übers Herz, es endlich wegzuwerfen, obwohl mir übel wird, sooft ich daran denke, es könnte mich in seinem Sarg aus transparentem Plastik schneewittchenhaft überdauern. Und was, wenn die Kinder ihn fänden? So ist das in manchen Häusern: Man spart alles auf für ein Später, das es am Ende nicht gibt, manchmal sogar sich selbst. Und die scheußlichen Dinge, an denen Geliebte hingen, werden zum schwersten Erbe. Das Gemüt hängt sich daran, hängt sich dran auf, wird eng.

Jure Franko war, sagte mir neulich einer, an und für sich Slowene.

Auf der Taxifahrt zum Imam Khomeini Airport sehe ich Märtyrerbilder an überholenden Autos, im Rückspiegel aber jetzt die roten Totenkopfschilder – *Mine, zabranjen prolaz!* – entlang der Schienenwälle und holprigen Überlandstraßen auf der nächtlichen Reise von Sarajevo nach Zagreb, und ich denke an die halberfrorene Marija, die statt durch den Dornwald durch ein Minenfeld schreitet, und an die schneeweißen Grabstelen der in tausend Tagen Verhungerten, Abgeknallten, endgültig Heimgegangenen oder, was seltener vorkam, eines natürlichen Todes aus der Hölle entrückten, die man – acht Jahre nachdem das Goldmädchen Katarina die Siegpirouette drehte und es ihr Landsmann Jens auf der großen Schanze zu hohen Weihen brachte – rund um das Koševo-Stadion auf früheren Trainingsfeldern und brachen Spielarealen notdürftig begraben hatte. Wohin denn mit all den Leichen?

Und sonst? Die Hunde in den Gassen der Altstadt von Sarajevo, die Rufe des Muezzins der Gazi-Husrev-Beg-Moschee, der *Vučko* auf den T-Shirts, Kappen und Aschenbechern, das hässlich anrührende Inbild heimwehkranken Gedenkens an ein blühendes Leben beim Duft von Türkischem Honig, Kafa und backfrischem Weißbrot und dringendem Bleibenwollen als einzig verbliebenem Wollen, während man längst schon flüchtet.

Ich frage meinen Fahrer, was die Zeichen bedeuten, die auf der Heckstoßstange eines Lastwagens prangen. *Bergab wie ein Vogel. Bergauf beschämt.* Zum ersten Mal lächelt der Fahrer.

Ich habe nicht aufgezeigt, als der Lehrer uns fragte, wer von uns Schülern zuhause die andere Sprache spreche. Aber ich bin geblieben. *Inschallah! Inschallah!* Filmriss dann, ich im Bett, und einer, der das Licht anknipst.

Da ist der Autoschlüssel!, sagt meine Traurigkeit, *Komm!* Und ich? *Yes, let's get out of here!*

Besser

Auf dem großen Marktplatz stehen die kleinen Leute, die sich für bessere halten, unter Sonnenschirmen, und es fließt der Wein, und die Zungen und Kehlen werden ihnen gelenkig und die Sätze geschmeidig. Manche der Männer haben dich im Suff angerufen, dir in Kurznachrichten lang und breit Liebe erklärt, dir die Schulter getätschelt und bei Gelegenheit zwischen die Schenkel gegriffen. Es hätte keinen Sinn, den Mund für ein Nein aufzumachen. Es kämen bloß neue Männer und rührten dir wieder ans Herz. Du willst sie nähren, schützen. Sie wollen erobern, beschlafen. Nur an der Seite der Frauen sind sie scheu und kindlich und reichen dir brav die Hand. Die Frauen blitzen dich an. Schau, wie sie ihre Böcke, die sie längst nicht mehr achten, aber besitzen wollen, wie ungezogene Hündchen an den Laufleinen reißen, sobald ihr einander begegnet! Und wie sie dann versuchen, den Argwohn zu überspielen mit Lachen und Komplimenten und *Wie schön, dich zu sehen!* Sie wünschen dich heimlich zum Teufel, aber ihr Aufwand rührt dich. Du willst ihnen gerne sagen, dass du sie für die Böcke nicht eine Sekunde beneidest, aber unendlich bedauerst. Seltsam ist es doch, keinem den Tod zu wünschen, aber dazu zu denken: Traurig wäre ich nicht.

Tausendmal schöner als Ihr

Jedermann im Land meinte die Diva zu kennen, aber niemand wusste, dass sie sich Abend für Abend vor dem Wandspiegel drehte, bis ihr schwindelig wurde. So hielt man ihre Mattheit für eine Kreislaufschwäche, bedingt durch Schicksalsschläge und edle Gedankenarbeit, und stützte sie mit Beifall und ergebenem Mitleid. Sie aber trug den Schleier, der über den Tälern hing, vom Herbst bis ins zeitige Frühjahr um ihr gefrorenes Lachen und ließ sich auf Händen tragen von Leuten, die sie nicht kannte, und träumte, dass einer käme, ihr rechtzeitig vor dem Ruin noch schnell den Hof zu machen. Ah, noch ein letztes Mal den kleinen Tod erleben, ehe der große sie hole! Ging das Bühnenlicht aus, kroch ihr die Einsamkeit in die müden Gebeine. Nur bei der blassen Souffleuse konnte sie ungeniert weinen. Und weil die blasse Souffleuse ebenfalls einsam war, nahm sie, immer zu Diensten, alle Kräfte zusammen, die arme Abgezehrte in den Himmel zu stemmen: *Du bist und bleibst doch die Größte!*

Von Zeit zu Zeit fuhr die Diva mit der Einsagerin auf einen der nahen Berge, in einem der Gipfelhäuser über der Nebelgrenze ein, zwei Gläschen zu trinken, sich ein Stück Reindling zu gönnen – *dieses Rezept muss ich haben* – und ihr Leid und Mitleid auf dem Tisch auszubreiten, die Ich-ich-ich-Jammeriade angeborener Kränkung. Sie tauschte schmutzige Wäsche gegen ein Krümchen Trost, ließ sich von der Blassen ewige Schönheit bezeugen und für die Kleider bewundern, mit denen sie ihre Plumpheit vornehm zu bemänteln suchte. Beim zweiten Gläschen meist begann die

Diva zu singen und sich das Maul zu zerreißen über Bühnenkollegen, die sie glücklicher wähnte – allen voran Isabelle, die neue Primadonna, die die Gerüchteküche schon länger zum Brodeln brachte. Die Diva meinte zu wissen, wo und mit wem sie es treibe – und prostete der Souffleuse nach jedem Namen zu, den sie ihr brühwarm servierte, als ließe sich ihr Schwindel mit all diesen Namen mildern. Sie tischte en détail auf, wovon sie selbst insgeheim träumte, getarnt als die Schande der anderen, und gab sich abgestoßen von so viel verfluchter Verruchtheit. Und die Souffleuse, begierig, fast möchte ich sagen: brünstig: *Wer hätte das gedacht von unserer lieben Kleinen! So ein schamloses Flitscherl! Tenor und Bassbariton, und jetzt auch der Operndirektor?*

Plötzlich und unerwartet starb Isabelle allerdings, durch einen Unfall, hieß es, direkt nach einem Triumph, in ihrer Garderobe.

Keine fünf Tage später warf sich die Diva in Schale und schritt sonnenbebrillt zur blumenbekränzten Bahre und zupfte die Schleife zurecht – *Mit innigen letzten Grüßen an meine Primadonna* – und drückte ein paar Tränen um ihre verlorene Jugend und schluchzte auf vor Rührung, als ihr die blasse Souffleuse schweigend ein Taschentuch reichte. Und als man den schneeweißen Sarg endlich ins Grab absenkte, glitt dem hageren Jüngling von der Bestattungsfirma plötzlich der Strick aus den Händen. Kopfüber sah man die Kiste in das Erdloch plumpsen und hörte ein grausiges Rumpeln, dass die Klagen und Schluchzer für den Moment verstummten. Und als sich die Diva beeilte, etwas lauter zu heulen, um nicht lachen zu müssen, drangen aus dem Loch verzweifelte Hilferufe.

Sowie man die Totgeglaubte aus der Kiste befreite, begann sie zu würgen und spuckte der Diva direkt vor die Füße. Da lag nun das Reindlingstückchen, das ihr im Rachen gesteckt war seit dem Backstagebesuch der rührend Fürsorglichen: *Liebes, ich bringe dir Stärkung!*

Beim Leichenschmaus hernach, wer wollte darauf verzichten?, musste die alte Diva die junge hochleben lassen. Und während drei schmissige Bässe, drei hübsche junge Tenöre und selbst der Bariton viel Aufhebens um die Reize der Auferstandenen machten und mit der Schönen tanzten, bis ihnen die Sohlen glühten, verschwand die Diva still mit dem Reindlingstückchen auf der Damentoilette – wo sie den Operndirektor mit der Souffleuse überraschte.

Sonst nicht

Du bist zu trotzig, um abzutreten, erwiderte ich, als ich sie im Herbst 2014 im Altersheim besuchte und sie in einem seltenen Anfall von Schwäche klagte, dass es wohl bald vorbei sei mit ihr. Und sie? Gleich genickt und gegluckst, während ich, einmal mehr, tausend Tode um sie starb, hintenherum natürlich, um sie nicht zu beirren. Alle meine Tode blieben doch überflüssig. Sie hat sie überlebt. Lebt immer noch. Immer. Noch. Vielleicht vergisst sie aufs Sterben und begnügt sich auf ewig mit ihrem Zwischenreich.

Dass sie lebt, grenzt an ein Wunder. Wäre alles mit rechten Dingen zugegangen, müsste sie längst tot sein, gestorben am Alter, an Typhus, Tetanus oder Hunger. Oder am Magengeschwür. Oder an ihrer Wut auf mich bockiges Kind – *Du bringst mich noch ins Grab*, das hat sie oft gesagt.

Auch andere Sterbensarten schienen angezeigt: die oft kühn dosierten Angsttabletten, die vielmals aufgewärmten Brudettos und Hühnersuppen, oder die Tagesration von zwei Päckchen Zigaretten. Oder die Operation, die sie herunterspielte, solange wir unter uns waren, damit ich unbesorgt sei, aber, sobald wir einmal unter anderen und unverschämt andere waren, den *schweren Eingriff* nannte, als wäre ich nicht zugegen. Meine Gegenwart galt nicht, wenn sich Gelegenheit bot, flüchtigen Bekannten und entfernten Verwandten lustvoll zu beschreiben, wie ihr der Arzt das Brustbein der Länge nach aufgesägt, den Brustkorb aufgespreizt und das während des Stillstands durch die Herzlungenmaschine vertretene Pumporgan mit drei zuvor aus der Wade entnommenen Venen wieder flottgemacht hatte.

Manchmal knöpfte sie mitten im Erzählen ihre Samtbluse auf und entblößte die Brüste, auf dass man die Narbe bewundere, während sich die Flüchtigen und zum Teil weit Entfernten die Hände auf die Münder klatschten und das gaukelten, was sie für angebracht hielten.

Sie hätte auch gleich sterben können, als die Hebamme sie, die viel zu früh Geborene, mehr zum Hinübergehen als um zu Kräften zu kommen, in eine Schuhschachtel legte. Aber eine wie sie: zu trotzig, wie gesagt, um einfach so abzutreten.

Ich besuche sie alle fünf, sechs Wochen. Vielleicht ist das zu selten. Nach außen hin trennt uns nicht viel, viereinhalb Zugfahrstunden, nach innen hin aber eine beschwerliche Weltenreise, und jedes Mal die Unlust, mir wieder ein Herz zu fassen, mich endlich aufzumachen, sie wieder aufzusuchen. Ich weiß, dass ich sie nicht finde, jedenfalls nicht die, die sie mir früher war. Wann hört man auf zu suchen? Immer waren wir uns nur zu Besuch. Früher seltener, aber dafür zumeist länger. Und in den Zwischenzeiten alle paar Wochen telefoniert, immer darin einig, dass es schnell gehen musste bei sechzehn Schillingen und ähnlich vielen Dinar für jede Gesprächsminute, also umgerechnet 40 Stück Zigaretten, wenigstens die billigen, die mit dem Filter nach unten in der Verpackung steckten, damit die Straßenkehrer, Fischer, Matrosen, Knechte oder Fabrikarbeiter das Mundstück nicht zu berühren, also zumindest die Lippen nicht zu beschmutzen brauchten.

Die Zigarettenlänge, seit jeher ihr heiliges Zeitmaß, jetzt hundertfach gestaucht im Zählereinheitentakt, der, wäre es hundertprozentig nach ihrem Wunsch gegangen, wie ein

Metronom das Tempo festgelegt hätte, in dem wir einander Worte und Sätze zuschanzen mussten, um in kürzester Zeit möglichst viel zu sagen, denn wozu fürs Schweigen bezahlen, für die Nachdenkpausen, die auch nichts zutage brächten als unser Wettergerede. Im Grunde wollten wir voneinander nichts wissen, einander nur vergewissern, dass der andere noch lebe: *Nona wollte nur kurz deine Stimme hören*. Sie blieb die dritte Person, hatte nie aufgehört, zu jenem Kind zu reden, das ich in den Trümmern meiner Jugendexzesse lange verschüttet glaubte. Jedes Anrufannehmen ein Außerkraftsetzen des Raum-Zeit-Kontinuums durch ferngesprächige Nähe.

Über die Jahre ist es uns zur Gewohnheit geworden, am Abend zu telefonieren, hauptsächlich, weil ab sechs der billige Nachttarif galt: eine Gesprächsminute für wohlfeile 20 Kippen.

In den letzten Jahren, die Kosten für Telefonate kaum noch der Rede wert, kostete ein Anruf vor allem Überwindung. Der Freiton war Angstton geworden. Ich zählte jedes Läuten im Fünfsekundentakt: Einmal, zweimal, dreimal. Was, wenn sie nicht abhöbe? Was, wenn sie diesmal mehr sagte, als ich erfahren wollte? Was, wenn auf meine Frage, die nur eine Auskunft wünschte, nicht die Erlösung folgte? Besser erst gar nicht fragen! Was aber überhaupt reden? Ihr sagen, dass ich sie liebe und nicht verlieren möchte? Dass ich vieles von dem, was sie so beinhart behauptet, dass ich es trotzig bestreite, insgeheim bejahe? Oder ihr alles gestehen, die Lügen und Maßlosigkeiten, die Sehnsüchte, Unkeuschheiten, sie nicht dumm sterben zu lassen?

Ihr sagen, dass ich sie eigentlich jetzt schon vermisse?

Du bist doch sonst nicht so … Was? Na, auf den Mund gefallen.

Nie widersprach ich ihr, wenn sie unser Geplauder zuletzt schon nach zwei, drei Minuten abzubrechen versuchte, mit dem Einwand von früher, wir würden doch jedes Mal Geld vertelefonieren. Die Ausrede, die nicht mehr galt – wir waren auf sie angewiesen. Zwei, die sich alles verschweigen, haben sich nichts zu sagen. Sie unterhalten sich, halten sich streng bei Laune, halten einander in Schach, kreiseln, tänzeln, wirbeln um das Eigentliche, leugnen die Angst, schweifen ab, um nur nicht anzustreifen. Keine falsche Bewegung! Sie schnurren sich die Ahnung vom Hals, geben sich gut und zufrieden, sind sich harmlos, zwitschern, wo die Worte versagen. Nur zum Lebewohl seufzen sie ein bisschen und drücken dabei die Lippen auf ihre Apparate, die eine auf den Touchscreen ihres Mobiltelefons, die andere auf die Muschel ihres kohlrabenschwarzen, kartoffelteigverpickten Fingerlochdrehscheibendings, Modell anno 1980, das, wie sie einmal sagte, in Farbe erhältlich war, allerdings nur gegen Aufpreis. Dann schnell, schnell aufgelegt, bevor sie mir zuvorkommt und ich es bin, der nichts bleibt als der verfluchte Besetztton.

Wir telefonieren nicht mehr, seit sie nicht mehr zuhause ist bei ihrem Tischtelefon, auf dessen Plastikwählscheibe zuletzt ein Etikett mit Notfallrufnummern klebte. Mit Handys kommt sie nicht zurecht. Jetzt gilt nur noch mein Besuch im jüdischen Altenheim. Einmal alle paar Wochen – und wenn, dann nur wir zwei allein, seit dem Fiasko im Sommer, als ich sie ein paar Freunden aus Österreich vorstellen wollte, allerdings nicht als erschöpfte, bettlägerige Greisin, sondern als die Schöne und unendlich Tapfere, von der ich immer erzählte.

Man muss sich das einmal vorstellen: Die österreichischen Freunde warten im Anstaltsgarten. Ich bin vorausgeeilt. Die Schwester betritt das Zimmer, hievt meine Schöne vom Bett, wuchtet sie in den Rollstuhl. Dann wird Essen gebracht: Spiegelei mit Spinat. *Iss schneller, die Freunde warten!* Sie habe nie im Leben Brot zum Essen gegessen, behauptet sie unterdessen. Jetzt mach nicht auf feine Dame, komm schon, iss einfach weiter! Ob es ihr schmecke. *Naja.* Nach einer Weile beginnt sie, im Eigelb herumzustochern, schiebt es zum Tellerrand. *Was sind denn das für Freunde?* Dann spießt sie ein Stück auf, hält mir die Gabel zum Mund. *Ich habe schon gegessen.* Magen knurrt. Handy läutet. Die Freunde fragen geduldig, wann sie raufkommen dürfen. *Gebt mir noch fünf Minuten.* Jetzt scheint meine Schöne plötzlich doch wieder Esslust zu haben. Nach jedem langsamen Bissen streiche ich ungeduldig mit dem Küchentuch, das man ihr umgehängt hat, über ihr Cremespinatkinn. Die Schwester taucht wieder auf: *Sehen Sie zu, dass sie aufisst. Sie isst in letzter Zeit wenig.* Es ärgert mich, wie die Schwester von und zu ihr redet, als sei sie ein dummes Kind. Aber ich sage nichts.

Du bist doch sonst nicht so … Was? Na, auf den Mund gefallen.

Die Schwester verlässt das Zimmer. Die Schöne funkelt mich an mit ihren hellen Augen, grüne Gischt um den Mund. Die Beine ragen weit aus ihrem Bademantel. Niemand soll sie so sehen! Ich tupfe mit dem Lätzchen auf ihren Lippen herum, wo, um Himmels willen, ist deine Zahnprothese?, flechte ihr hastig den Zopf. Plötzlich kommt sie mir mit Titos Elefanten, weiß sogar ihre Namen: *Sony*, sagt sie, *und Lanka*. Ein Geschenk an den Marschall. Denk nur: *Von Indira Gandhi!* Ich will sie ordentlich anziehen, kann auf die Schnelle nichts finden, schnappe die Jogginghose von einer Sessellehne, stopfe die nutzlosen Beine durch die schlabbernden Röhren, stemme die Schöne vom Rollstuhl. Wir fallen ins Gitterbett, sie rücklings, ich auf sie drauf, keuchend: *Gleich kommt Besuch. Freunde. Sehr gute Freunde. Wir müssen dich anziehen, hörst du!* Sie nickt. Ich zupfe und zerre, versuche, sie hochzuheben, lasse nicht locker, reiße, ziehe die Hose höher. Zentimeterarbeit. Wir wälzen uns auf dem Bett, kommen ins Schwitzen, schnaufen. Jetzt erst bemerke ich den Riss in der Jogginghose.

Es klopft an der Tür. *Moment!* Das passt alles nicht ins Bild, das sich die Freunde machen. Ich rolle mich von ihr ab, werfe ihr geschwind das nächstbeste Bettlaken über, ziehe das Bettgitter höher. *Ok, kommt rein! Kommt rein!*, rufe ich außer Atem und versuche, zu lächeln, während sich im Mund meiner schönen Geliebten wieder Spinatgischt sammelt.

Vielleicht bemerkt es ja keiner.

Vor wenigen Tagen erst war ich wieder bei ihr. Und nicht etwa aus Sehnsucht, ich will sie so nicht sehen, sondern um mein Gewissen ein klein wenig zu beruhigen.

Der Fernseher lief, wie immer. Sie sagte, sie würde nun ein bisschen weniger lesen, um ihre Augen zu schonen, und ich lehnte lethargisch an ihrem Gitterbett und blickte auf den Nachttisch, auf dem die Hornbrille lag, die sie nie aufsetzen wollte, und dachte: Stürbe sie morgen, hätte sie mit ihrer Sehkraft völlig umsonst hausgehalten.

Was ist mit dir?, fragte sie nach ein, zwei Minuten des Schweigens. *Nichts*, erwiderte ich, und fragte mich, warum sich niemand darum gekümmert hatte, sie nach dem Sturz vor zwei Jahren auf die Beine zu bringen. In der Dreiviertelstunde, die ich völlig zerknirscht an ihrem Bett zubrachte, weil eine Dreiviertelstunde niemals reichte für zwei, die die Liebe behaupten, wünschte ich insgeheim, sie würde durch meinen Besuch bald genauso erschöpft, wie ich von ihrem Anblick. Ich rieb ihre trockenen Hände mit einer Creme ein, die im Zimmer herumstand. Die teure Pflegecreme, die ich ihr letzten Sommer aus Österreich mitgebracht hatte, war schon beim nächsten Besuch unauffindbar geblieben.

Beim Abschied hielt ich es kurz, tat, als sei ich in Eile, um Minuten später gemächlich zum Bahnhof zu schlendern.

Zeitungsfetzen tanzten über die Straßen und Plätze, Tauben flatterten auf, sobald eine Tramway nahte, und ließen sich gleich darauf seelenruhig nebenan nieder. Ich roch an meinen Fingern, hatte sie nicht gewaschen nach dem Einbalsamieren ihrer lieben Hände, und dachte an unsere gemeinsamen Tramwayfahrten, immer die Ilica-Straße bis zum Republikplatz. Sie hatte freie Fahrt mit ihrem Versehrtenausweis, den sie dem Straßenbahnschaffner unaufgefordert zeigte – Kriegsinvalide sein war eine Frage der Ehre, je mehr Prozent, desto besser –, wie all die anderen alten vom Freiheitskampf Ramponierten, die sich mit Plastiksäcken und quietschenden Karijolas humpelnd, schlurfend, bucklig über die steilen Treppen hinauf zum Marktplatz schleppten, vorbei an rußgeschwärzten, verwitterten Hausfassaden, deren frühere Pracht man noch erahnen konnte, vorbei an Hofeinfahrten, Verstecken für Liebende, Lumpen, lachenden jungen Frauen, die ihre Finger in Springbrunnenfontänen hielten, um ein paar Burschen zu necken, vorbei am Drehorgelspieler neben dem Jelačić-Denkmal, der samstags im Sonntagsgewand *Und der Haifisch, der hat Zähne*, *Greensleeves* und *Für Elise* spielte, vorbei auch an den Knaben mit den Matrosenmützen und Lederimitatjacken, die qualmend an den Brettern einer Wurstbude lehnten und Zigarettenstummel in die Baumscheiben schnippten. Vorbei, vorbei, vorbei, wie das Klack-klack auf den engen, abschüssigen Bürgersteigen, ähnlich dem schnellen Klack-klack, wenn wieder ein Telefonschloss in einem Fingerloch steckte, damit die Kinder nicht heimlich Freunde anriefen, wenn sie Hausarrest hatten, und die gewieften Kinder die Wählmechanik umgingen, indem sie im Nummerntakt aufs Gabelschlagknöpfchen klopften. War die Sperre erst im Loch 3 angebracht, konnte man wenigstens noch die Feuerwehr rufen.

Am Bahnhof angekommen, gespiegelt im schmierigen Glas der Bäckereivitrine, kam mir in den Sinn, wie meine Schöne erschrak, als wir zwecks Rollstuhlausfahrt den verspiegelten Lift des Seniorenheimes benutzten. Entsetzen als Spiegelreflex. *Das bin nicht ich*, hat sie gesagt. Nein, das ist bloß die Wahrheit. Und früher? Immer penibel blondiert, fast immer schön frisiert, überhaupt schön, so sehr, dass man sich erzählte, die Zikaden würden ihr Lied selbst im Dunkel anstimmen, wenn sie sich am Fenster ihres Schlafzimmers zeigte, so schön, dass ich als Kind heimlich ihr Wangenrot auftrug, bis zu dem einen Tag, da sie mich mit Rotlaufverdacht in ihr Ehebett steckte, wo sie mir mit ihrem angespeichelten Daumen über die Backen wischte, bis die Heimlichkeit aufflog.

Und wie gut ich mir vorkam, als ich ihr bei einer unserer viel zu seltenen Rollstuhlexkursionen einen Schluck Baileys-Likör aus dem Papiersack reichte. Womöglich der letzte Geburtstag. Später aßen wir die mitgebrachte Torte, darauf zwei Zahlenkerzen. Sie setzte die Drei vor die Neun – für ein hauchdünnes Lächeln. Anzünden, singen, pusten. Dann schoss ich ein Selfie mit ihr, ein vielleicht letztes Foto, denn wer weiß. Wer weiß.

Zehn, fünfzehn letzte Fotos habe ich schon geschossen. Alle nur für den Fall.

Ich lösche die Festnetznummer nicht aus meinen Kontakten, obwohl dort keiner mehr abhebt. Und nie mehr die lange Nummer auf meinem Handydisplay, wenn es zur Unzeit klingelt. Ich schäme mich, zuzugeben: In den früheren Zeiten erfasste mich ihretwegen bei jedem Telefonläuten ein solches Unbehagen, dass ich in den Jahren als Josefstädter Studentin einen Anrufbeantworter samt Lautsprecher installierte, und nicht, damit er mir bei jedem Nachhausekommen durch ein blinkendes Lämpchen verpasste Anrufe melde, was mich immer beklemmte, sondern um sicher zu sein vor Überraschungsanrufen, nicht abheben zu müssen, sobald es wieder schrillte, stattdessen abzuwarten bis zur Bandansage, bei der ich jedes Mal stillhielt, als könne der Anrufer meine Anwesenheit anderenfalls bemerken. Sie aber dachte nicht daran, auch nur einen einzigen Satz auf das Tonband zu sprechen, rief immer nur meinen Namen, mehrmals, eindringlich, flehentlich, manchmal auch vorwurfsvoll, als wüsste sie, dass ich sie hörte. Und wenn sie dann doch auflegte, vielleicht, weil ihr eingefallen war, dass auch das Rufen des Namens nicht gebührenfrei bliebe, fühlte ich mich so schuldig, dass ich eilig zurückrief.

Als sich der Zug Richtung Wien in schnelle Bewegung setzte und die Hochstromleitungen der Stadt auseinanderliefen und aus dem Blick verschwanden, und die jetzt kleineren Häuser die nächste Welt ankündigten, Blick durchs andere Fenster, und wie in einem Flashback die Busfahrt durch die Krajina und diese Frau aus München, die so dicht neben mir saß und beim Anblick der tür- und fensterlosen, von Einschusslöchern zersiebten Rohbauruinen meinte, es herrsche in diesem Land *rege Bautätigkeit*. Und wie ich wieder nichts sagte und an die Erstürmung dachte und daran, wie gut es war, die lockige Telefonschnur um einen Finger zu wickeln oder den Hörer zum Abschied auf die Gabel zu knallen, und an die alten Lieder und die riesigen Ohren meiner verfallenen Schönen, *Großmutter, sag, warum hast du plötzlich so große Ohren? – Damit ich dich hören kann. Ruf mich an! Ruf mich an! – Willst du mich gar nicht fressen?*, und die Münchnerin lachte, als läse sie meine Gedanken, und ihr Lachen zerfiel in tausend winzige Scherben und fügte sich neu zusammen zu einem alten Lied.

Blitzartig war es still, die Zugabteiltür ging auf, und eine Frau trat ein und fragte, ob hier noch frei sei und wartete nicht auf Antwort und sank auf den Platz vis-à-vis.

Du bist doch sonst nicht so. Was?

Die Fremde begann sogleich, in ihrer Tasche zu kramen, hielt mir ohne ein Wort ihre Jausenbox hin, *No thank you!*, stopfte sich etwas hinter die dicke Backe, fragte *Where are you from? – Austria*, sagte ich, dachte: du hast dich wieder verplappert, und konnte den Mund nicht halten: *And former Yugosla ...* – wie aus der Pistole geschossen. *I mean, I am ... from Croatia*. Da lachte die Frau laut auf: *Ach, Sie sind Auslandskroatin?* Ich wollte nicht weiterreden, gab es noch ein Zurück?, dachte an meine Vorfahren, störrische Dalmatiner, die dem nackten Karst ein Fleckchen Erde abzwangen, indem sie jahraus, jahrein, mit bloßen Händen Geröll aus der Steinwüste kratzten.

Hallo, hören Sie mich? Ich bat die Frau um Verzeihung. *War wohl kurz weggetreten.*

Wie war das beim vorletzten Abschied? Eigentlich so wie immer. Ich war nach dem flüchtigen Kuss aus ihrem Zimmer getürmt, schnell die Stufen hinunter, bis in den Anstaltsgarten. Doch als ich, wie immer von dort aus, zu ihrem Fenster blickte, lief ich noch einmal zurück, um mein *Bis bald* von vorhin rechtzeitig einzulösen, und weil es wieder, wie immer, ein Abschied für immer sein konnte, und weil ich den Abschied für immer immer schon anders wollte als zwischen Tür und Angel. Sie lag erschöpft auf dem Bett, bemerkte nicht meine Rückkehr, also verzog ich mich wieder.

Sprechen Sie denn Kroatisch?

Beim *Ja* fiel mir plötzlich ein, wie mich das Kamerateam bei einer Lesung in Zagreb oder anderswo fragte, ob wir nicht auf Kroatisch …, und ich *Natürlich* sagte, aber beim Interview kein Wort herausbekam – Raus mit der Sprache! Raus! Wozu denn immer die Frage, was mir Heimat bedeute? *Sprache*, stammelte ich, sagte das Wort auf Deutsch, *nicht etwa feuchte Augen beim Anblick einer Fahne*. Deutsch war immer die Rede, die der Geheimhaltung diente. Und Balkan, wollte ich sagen, was keiner hören wollte. Und kein Wort von Ferida, die einst mit Müh und Not dem Höllenfeuer entwischte und mir seit fünfzehn Jahren ein oder zweimal im Monat zu sauberen Fenstern verhilft und zum Geruch von zuhause, weil sie die einzige ist, mit der ich noch Kafa trinke und, wenigstens dortzulande, Serbokroatisch spreche. Ich weiß schon, was nötiger ist. Ich scheiß auf saubere Fenster.

Manchmal erzählt Ferida von den glücklichen Wochen vor der Olympiade, von viertausend Jugendlichen, die in Putzkolonnen binnen weniger Tage alles auf Hochglanz brachten, oder von Anschlagtafeln mit Ananas, Filterkaffee und Chiquita-Bananen, Waren, die gewöhnlich nicht im Verkaufsprogramm standen, oder von der Furcht, die dürftige Stromversorgung könnte vor den Augen der großen weiten Welt wieder zusammenbrechen, bis die Männer vom E-Werk Notaggregate brachten. Wochen zuvor war Feridas Onkel vor dem städtischen E-Werk stundenlang Schlange gestanden, um, letztendlich erfolglos, Extrastrom zu erbetteln, zwei-, dreihundert Kilowatt – für seine sterbenskranke, frierende alte Mutter.

Du bist doch sonst nicht so. – Was?

Bin ganz schlecht im Reden, seit ich gut reden habe, wie alle aus sicherer Entfernung immer gut reden haben, auch wenn es sie gar nicht gibt. Es gab sie schon damals nicht, die Sicherheit der Entfernung, als der gottlose Krieg mein anderes Land verbrannte und ich, anstatt zu studieren, wie es sich für mich gehörte, nächtelang niederschrieb, was mich nicht angehen durfte, wo ich doch dankbar sein sollte für mein beschauliches Leben, die rotweißrotheile Welt der Fiaker und Zwetschkenröster und Mozartsinfonien und Chopinballaden, der Nocturne in f-Moll, Opus 55, Nummer 1 und so weiter, wo mich die leise Hoffnung in den Spätvormittagsstunden aus einem Flachtraum weckte und ich mich schon beim Anziehen in den Schlaf zurücksehnte, der mich vor dem Scheitern am grauen Alltag bewahrte.

Toll, wenn man zwei Sprachen spricht.

Und wie meine Schöne nach sieben Jahren der Mühsal zu meiner Sponsion anreiste, um mir nach zwei, drei Gläsern reinen Wein einzuschenken: Erst nach meiner Promotion könne sie ruhig sterben. *Wann beginnst du endlich mit deiner Doktorarbeit?* Na warte, ich würde beginnen, aber nie fertig werden, dir nicht Gelegenheit geben, dich aus dem Staub zu machen, Ruhe hin oder her! Wann immer sie nach dem Fortschritt meiner Bemühungen fragte, gab ich vor, weit zu sein, aber kein Ende zu finden. Sieben Jahre später wurde es ihr zu dumm. Ich solle doch *Pali su* schreiben – also *Sie sind gefallen*. Und weil ich nur Bahnhof verstand, erzählte sie von einem Schreiber, der für seine Fortsetzungsstory kein besseres Ende wusste, als die Protagonisten, nämlich ein Liebespaar, an eine Klippe zu schicken und im wahrsten Wortsinn einfach fallenzulassen.

Nach meiner Promotion dachte sie nicht daran, endlich in Ruhe zu sterben.

Dass sie immer noch lebt, jetzt unter einem Galgen aus abgegriffenem Plastik, grenzt wie gesagt an ein Wunder. Aus der gemeinsamen Welt ist sie längst ausgezogen. Des für später Bewahrten, das sie nicht mitnehmen konnte, haben sich andere bemächtigt. Später schien längst vorbei. Vieles wurde entsorgt, aber die Dinge haben manches Geheimnis verraten, dass sich die Nachbesitzer nicht vom Hals schaffen konnten, die Briefe und Tagebücher, die sorgsam versteckten Fotos – oder die Kerzenstummel in nahezu allen Laden, Zeugen der Stromausfallsnächte, da sie, *Nestala struja!*, mit ihren kranken Beinen zu den Kommoden tappte; und wehe eines der Kinder hatte sich wieder einmal an den Zündern vergriffen. Einmal hat sie das Haus beinahe angezündet auf dem Weg zum Klosett. Das Flämmchen hatte sich so nah an die Finger gefressen, dass sie auslassen musste. Der Stumpf, den die Enkel am Morgen in ihrer Diele fanden, maß keine zwei Zentimeter. Aber was soll man machen, wo doch Kerzennot herrschte? Man solle sich daran erinnern, dass die Partisanen auch keine Kerzen besaßen, aber gerade im Dunkeln wunderbar denken konnten, sagte der Bürgermeister in seiner Fernsehansprache.

Ich kann auch ein bisschen Kroatisch, sagte die fremde Frau. *Schön für dich*, dachte ich, sagte aber nur *Schön* und dachte dabei an die Schöne in ihrem Gitterbett, die immer so tapfer litt, dass ihre Beine nicht wollten, seit jenem elenden Marsch durch den bosnischen Tiefschnee, den wir Enkelkinder nur von der Live-Übertragung der Winterolympiade durch das Staatsfernsehen kannten. Und Wölfe hat es gegeben! Und wie die immer heulten, vielleicht genauso hungrig, wie das versprengte Häuflein verwundeter Partisanen, auf das sie es abgesehen hatten.

Ich fragte die fremde Frau: *Sagen Sie, kennen Sie Vučko? – Sie meinen: Sarajevooooo!*

Und ich weiß noch genau, wie mir Ferida einmal vom Hoffen auf Schnee erzählte, da die Spiele schon nahten, das bange Warten auf die Hoheitszeichen des Winters, der das versprengte Grüppchen vierzig Jahre davor beinahe ums Leben brachte. Sieben Tage schon in völlig durchnässten Kleidern, hungernd, dürstend, frierend, ein Schleppen und Liegenlassen, oder ein Aufstehen und Weiter. Die Schöne im Typhusfieber, schneeblind und delirierend, hielt sich mit letzter Kraft am Schweif eines Maultiers fest, das sie zum Ärztezelt brachte.

Da war der unbändige Stolz, der Welt bald Quartier zu geben. Um Volkszugehörigkeit hat sich keiner gekümmert.

Du bist doch sonst nicht so ... – Was? – Na, so auf den Mund gefallen.

Und wieder das schlechte Gewissen, als sich meine Schöne mit den immerwehen, dunkelblauscheckigen Beinen in die Warteschlange vorm Zagreber Standesamt reihte, stundenlang anstand um die neue Staatsbürgerurkunde für die undankbare, auswärtige Enkeltochter. Ich sei jetzt *Hrvatica* hat sie mir eingebläut, *Da bist du geboren, denk dran!*

Warum starb sie nicht an gebrochenem Herzen wegen des Schlangestehens vor den knarrenden Beichtstühlen frömmelnder Ablasshändler, die in den Kanzelreden in Gottes geduldigem Namen von einer Heimat sprachen, die nicht die unsrige war? Ein Erzbischof, der den Schlachtruf der einstigen Nazihelfer als offiziellen Armeegruß am liebsten herbeibeten wollte. Oder Christdemokraten, die, sich in Ehrenlogen rekelnd, eine Rockband beklatschten, die schwere Naziverbrechen lautstark herunterspielte. Oder der Rockbandfrontmann, dessen Pseudonym nichts Gottgefälligeres verhieß als den Markennamen einer Maschinenpistole. Ich will mich immer erinnern, wie meine geliebte Schöne ihre Kitschmaria aus farbigem Gips verehrte, und wie sie immer beklagte, dass sie so viel vergesse, und ich *Sei doch froh* sagte, weil mir in den Sinn kam, wie sie mir einmal erzählte, dass sie vor lauter Hunger Schuhe gegessen habe. *Hast du damals wirklich deine Opanken gegessen?*, erkundigte ich mich bei einem der letzten Besuche. Sie überlegte kurz: *Die habe ich kurz davor von einem Verehrer bekommen*. Da musste ich lachen, lachte zu laut. Endlich lachte sie mit. Komm, lass uns den Tod verlachen. Was ist ein gebrochenes Herz?

Sie möge das Land und das Volk, sagte die fremde Frau, obwohl es ein bisschen bigott sei. *Da steckt ja auch das Wort Gott drin*, erwiderte ich und nickte, und dass ich nichts wissen wolle, *Die haben auch ihr Schicksal!*, und erinnerte mich an mein Inselland von Felsen, Ginster und Stränden, zu schön, um wahr zu sein – ist das Schönsein in Wahrheit der Lüge vorbehalten? –, und wollte ihr nichts erzählen von meiner geliebten Schönen.

Ich hätte ihr Tischtelefon vielleicht doch aufbewahren sollen, ihre Zeit-Raum-Maschine.

Dann und wann streiche ich in meinen Handykontakten über ihre alte, verlassene Festnetznummer. Noch zweihundert Freiminuten. Vielleicht ruf ich einmal an. Vielleicht hebt sie doch einmal ab. Vielleicht schon von ganz woanders. Vielleicht kann ich dann erzählen: Eines Tages ist sie in einer kleinen Barke aufs Meer hinausgefahren und einfach dortgeblieben.

142 km/h

Lass uns nicht immer fälschlich von Todesarten reden, bat sie neulich den Freund, *Sagen wir Sterbearten.* Er aber fragte bloß, ob es das Schicksal wollte, dass der nach Mitternacht von den Abstimmungsfeiern heimgefahrene Hauptmann aus einer Linkskurve flog. Hinterher war zu erfahren, die Tachonadel des Wagens sei, nachdem er den Pfeiler und einen Hydranten gerammt und sich überschlagen hatte, bei 142 km/h einfach steckengeblieben.

Die Nachricht vom nächtlichen Unglück hatte sich am Morgen wie ein Buschbrand verbreitet. Die Menschen riefen einander an, empfahlen sich Sondersendungen in Radio und Fernsehen. In Ämtern und Schulen wurde eine Minute geschwiegen, ein Bundesligaspiel des SK Austria dem Toten zu Ehren vertagt. Vor dem im Landhaussaal tagelang aufgebahrten rosengeschmückten Sarg standen die Leute in Schlangen, die in bewachten Schleifen weit über den Landhaushof reichten. Tage später wogte auf dem Hauptplatz der Stadt ein wortkarges Menschenmeer.

Schon einmal war der Platz ein Meer zu Ehren des Hauptmanns, tosend zwar und schäumend, aber nicht minder gespenstisch. Mit Sonderzügen und Bussen waren die Verehrer aus allen Ecken und Enden Österreichs angereist, um dem geliebten Verführer, nachdem ihn seine Feinde als Landeschef abgesetzt hatten, Verbundenheit zu bekunden, denn was war schon dabei, das Dritte Reich dann und wann für das Gute zu preisen, das es hervorgebracht hatte? Der nunmehr Verunglückte gab sich in seiner Rede reuelos und sprach von gemeinen *Kampagnen, Methoden des*

Stalinismus und feindlichen *Intriganten*, während das Volk, wie man sehe, auf seiner Seite stehe in dieser schweren Stunde. *Passt mir auf mein Kärnten auf!*, rief er der Menge entgegen – die Worte des Gauleiters Rainer in seiner Radiorede kurz vor dem glücklichen Ende, das ihn so traurig machte. Beifall brandete auf, frenetisches Freudengeschrei, gellende Bravorufe.

Nun aber, da es so still war und das Meer wie versteinert, dachte sich vielleicht mancher: Hätte der Verblichene acht Jahre nach seinem Sturz nicht wieder den Thron erklommen, er wäre wohl nicht so nahe an die Sonne gekommen, die, wie sein Amtsnachfolger in seiner Trauerrede mit bebender Stimme klagte, nun *vom Himmel gefallen* sei, ehe Gesinnungsgenossen pechschwarze Fahnen hissten und einer ins Mikrofon schluchzte: *Wir passen auf auf dein Kärnten!*

Der gute Onkel aus Amerika

> Warum in fast jeder Geschichte seinen
> Vorfahren begegnen?
> Warum nicht?

Sobald die Oliven reif und die Touristen fort sind und die schmalen Gassen unseres Inseldorfs wieder den Eingeborenen gehören, kann es passieren, dass ich beim Anblick eines zufällig Vorbeikommenden den Blick senke, damit er nicht bemerke, wie sehr wir einander ähneln. Ich habe an jenem Ort mehr Verwandte als sonst wo, allerdings kaum Bekannte. Auf bald jedem dritten Grabstein des kleinen Dorffriedhofs steht Mutters Mädchenname, dabei ist die Vetternschaft inzwischen so verästelt, dass es fast unmöglich ist, Art und Grad der Verwandtschaft zweifellos zu bestimmen. Und wahrscheinlich gehören mit Ausnahme der in den letzten Jahrzehnten Zugewanderten auch Dörfler mit anderen Namen über drei, vier Ecken zur unüberblickbaren Schar irgendwie Angehöriger, die sich zum Teil nicht mehr kennen, und sich, wer weiß das schon, vielleicht schon damals nicht kannten, als die Ahnen noch lebten. Manche sind aufgebrochen in Zeiten von Hungersnöten, nach Argentinien, Chile, Santa Cruz und so weiter, wo ihre Erbanlagen auf fruchtbaren Boden fielen. Allein im Telefonbuch der Hafenstadt Buenos Aires füllt Mutters Mädchenname inzwischen mehrere Spalten.

Der gute Onkel Jakov war einer der Fortgegangenen, die man der Einfachheit halber in unserem Inseldorf *Ameri-*

kaner nannte. Kann sein, er war gar kein Onkel, bloß ein entfernter Cousin, Milchbruder, Schwippschwager oder Taufzeuge meines Opas, oder von all dem nichts, dafür einer von denen, die man ungeschaut zur Familie zählte, weil man sie gerne mochte oder sich etwas erhoffte. Was als gesichert gilt: Von allen nahen Entfernten war Jakov der Allerbeste.

Noch eines vorneweg: Die Einwohner meines Orts haben es nicht nötig, Geschichten zu erfinden, auf ihren steinigen Äckern gedeihen die wahren prächtig. Und während sie Festlandmenschen in manchen profanen Dingen aus unerfindlichen Gründen als eher knausrig gelten, nimmt man für bare Münze, was sie einem erzählen. Es spielt also keine Rolle, wer aus Barba Šimes weitläufiger Inselsippe meiner Mutter als Kind Jakovs Geschichte erzählte, ehe sie sie mir steckte.

Jedenfalls ging das so: Die meisten Amerikaner sah man im Dorf nie wieder, aber es kamen Briefe, heimwehkrank und verstiegen und von Wundern schwärmend, an die man im Inseldorf gar nicht zu glauben wagte: fruchtbare Äcker und Wiesen, riesige Rinderherden, Wasser im Überfluss. Den darbenden Dagebliebenen lief es beim Lesen der Zeilen schaumig im Mund zusammen. Und bald grassierte das Fernweh wie ein chronisches Fieber. Söhne, Brüder und Onkel machten sich auf Richtung Westen, während die Alten und Frauen daheim bei den Kindern blieben und um die Gegangenen weinten.

Jakovs Mutter, hieß es, liebte ihn wie einen Toten, aber nach einem Jahr kam ein Brief aus dem Jenseits. Vier, fünf Stunden vergingen, ehe Mirca es wagte, das schmale Kuvert zu öffnen. Was sie fand, machte sie staunen. Jakov hatte sich einer Kolonie von Landsleuten angeschlossen am Stadtrand von Buenos Aires. In den Nachbardörfern, schrieb der Sohn begeistert, gebe es schöne Mädchen, von denen er eines, nämlich Lucía Maria Fernandez, alsbald heiraten werde. Dann kauften sie ein Stück Land, um ein paar Rinder zu halten. Die Mutter bewegte die Lippen, versuchte, die fremden Worte mit Zunge und Lippen zu formen – Río Paraná, Ojos del Salado, Mar Chiquita, Río … Und Rinder! Menschenskind! Nie hatte sie eines gesehen und erst recht keine Affen, Nasenbären, Papageien. Ihrem geliebten Jakov lag nun die Welt zu Füßen. Sie fühlte die Mutterbrust schwellen und hatte auf einmal den Drang, das Schreiben den Nachbarn zu zeigen. So machte der Brief die Runde, bis die alte Franka keck ihre Nase rümpfte: *Dein Jakov schickt dir nur Briefe?* Sie selbst habe von ihrem Joze kürzlich aus Mar del Plata ein hübsches Paket erhalten mit Maismehl, Konserven und Zucker.

Die Nachricht von Jozes Paket schürte den Neid der Dorffrauen, die eilig alles daransetzten, einander in der Gunst der Söhne zu übertreffen. Heimlich schrieben sie den schmerzlich Vermissten Briefe – *Schick doch etwas Maismehl, Fleischkonserven und Zucker*. Und da die alte Franka inzwischen in Kleidern stolzierte, die Joze gesendet hatte, wurden die Briefe länger, aber die Schmeicheleien knapper. Bald hielt man sich gar nicht mehr auf mit sentimentalem Kram, schrieb rückhaltlos Bittgesuche oder überhaupt nur noch begehrliche Listen. Und wenn die Bestellung nicht eintraf oder einer es wagte, nur einen Brief zu schicken: *Ist dir die Sippe nichts wert? Hast du's zu nichts gebracht? Briefe kann man nicht essen! Die anderen Amerikaner schicken schwere Pakete randvoll mit Lebensmitteln. Schick uns zumindest ein leeres gegen unsere Schande, dann will ich den Postmann bestechen, wenigstens so zu tun, als habe er schwer zu schleppen. Oder nein, ich schicke dir meine letzten Kronen, dass du mir etwas kaufst, wenigstens etwas Maismehl und zwei, drei Fleischkonserven. Ja, den Neid der Dorffrauen lass ich mir alles kosten! Neulich hörte ich, wie eine über dich sagte: »Der hat bald mehr Kinder als Rinder!« Eine meinte sogar: »Ich hätte dir sagen können, dass dein lieber Jakov es nicht allzu weit bringt, da kann er noch so weit reisen!« Man nennt dich im Dorf den Geizhals.*

Der Briefträger wurde stets mit üppigem Trinkgeld bedacht, als liege es in der Hand des kleinen, höflichen Boten, die Sendung herbeizuzaubern. Brachte er länger nichts, wurde er ausgeschimpft, als sei es wiederum er, der darüber bestimmte, ob jemand große Päckchen bekam, ein anderer aber kleine oder überhaupt keine.

Einmal erreichte Jakov der Brief der lieben Mutter während eines Fiebers. Eilig schrieb er zurück, er wolle nach seiner Genesung ein riesiges Fresspaket an die Verwandten schicken. Und wirklich, nach ein paar Wochen klopfte der Bote bei Mirca – und wie er unter der Last keuchte, fluchte und schwitzte! Die Nachbarsfrauen lugten herüber, ließen die Arbeit fallen. Tuschelnd traten sie näher. Das halbe Dorf hatte sich alsbald um Mirca versammelt, rempelte, stieß sie an, um sie dazu zu bewegen, den Inhalt der riesigen Kiste vor aller Augen zu prüfen. *Komm schon, Mirca, mach's auf! Spann uns nicht auf die Folter! Oder ist wieder nichts drin? Ist ja nun kein Geheimnis, dass du den Postboten schmierst.*

Mirca wog das Paket, bog sich unter der Last, konnte ihr Glück kaum fassen. Aus einem winzigen Loch rieselten Mehl und Zucker! Sie stellte die Kiste ab, riss den Spagat herunter, öffnete flink den Deckel. Und was sie dann erblickte? Konserven in Hülle und Fülle, drei Päckchen Kakao und Reis, dazu drei Säcke Zucker und eine silberne Dose, auf der nichts geschrieben stand. *Gelobt sei Jakov, der Beste!*

Mirca schaute sich um, aber beim Anblick der Dorffrauen gefror ihr das stolze Lächeln. Der Neid verdarb ihre Freude. Schon sah sie sich mit beiden Händen in die Kiste greifen, die Fleischdosen zu verteilen, auch den Kakao, den Reis und schließlich sogar den Zucker. Nur von der hübschen Dose konnte sie sich nicht trennen, obwohl ihr Maša dafür sogar ein paar Kronen bot, die sie gebrauchen konnte.

Mirca tat gut daran, die Dose zu behalten. In ihr befand sich nämlich ein besonderes Pulver, das zwar etwas staubig schien, aber durchaus genießbar. Sie wandte es sparsam an, würzte damit Suppen und den Kartoffelbrei und sonntags auch die Polenta. Und alle im Haus waren sich einig, die Speisen schmeckten jetzt besser, und sprachen nach jeder Mahlzeit ein Hoch auf den lieben Geber. *Lang lebe der gute Jakov!*

Das Pulver war nicht nur bekömmlich, es schien auch besonders nahrhaft. Alle, die davon aßen, meinten sich gestärkt und ihrem lieben Jakov auf magische Weise verbunden. Die Arbeit fiel leichter als je, man fühlte frische Tatkraft, ein ungekanntes Behagen. Es dauerte keine drei Wochen, ehe die Nachbarinnen von alledem Wind bekamen und Jakovs Mutter bedrängten. Mirca ließ sich nicht lumpen, lud zu einer Verkostung, gab eine gute Prise des zauberkräftigen Pulvers in ihre Rübensuppe. Die Frauen waren begeistert, versicherten sich des Geschmacks und der belebenden Wirkung, und Mirca stand endlich im Licht und nahm Bestellungen auf, die sie ihrem Jakov noch am selben Tag schickte:

Liebster und bester Sohn, deine unendliche Liebe ging uns flink durch die Mägen. Ehe ich dir danke, möchte ich daher um ein kleinwenig Nachschub bitten. Von den Fleischkonserven bräuchte es mindestens zehn, ansonsten wie gehabt – und was am wichtigsten wäre: mehr von dem guten Pulver, sagen wir zehn, zwölf Dosen. Auch ein Brief wäre schön. Wie steht es um dein Befinden?

Schon nach zwei, drei Wochen kam der Postbote wieder mit einem Brief für Mirca. Die sah sich nach allen Richtungen um, sah die Nasen der Dorffrauen an den beschlagenen Scheiben, schmollte und zögerte lange, die Hand nach dem Brief zu strecken. Was dachte sich Jakov dabei, sie erneut zu blamieren? Endlich riss sie dem Boten den Brief aus der Hand und huschte damit ins Haus, ohne ans Trinkgeld zu denken. Drinnen bemerkte sie einigermaßen erleichtert: Der Brief trug nicht Jakovs Handschrift. Also beeilte sie sich, den dünnen Umschlag zu öffnen. Und was da geschrieben stand?

Liebe und gute Mirca! Ich möchte mich Ihnen vorstellen: Lucía Maria Fernandez, Jakovs untröstliche Witwe. Er war mir ein guter Mann und ein liebender Vater unserer beiden Kinder. Bitte verzeihen Sie: Ich war bisher außer Stande, Ihnen die Anteilnahme an seinem Tod zu bekunden. Zu sehr war ich damit beschäftigt, die Liste Ihrer Bestellungen, die er mir anvertraute, vollständig abzuarbeiten. Die Dose mit Jakovs Asche habe ich dringlichkeitshalber dem Paket beigeschlossen, das Sie vor einigen Wochen sicher erreicht haben sollte. Seien Sie gewiss, dass es sein letzter Wunsch war, in seiner geliebten Heimat letzte Ruhe zu finden. Nun soll es an Ihnen sein, diesem Wunsch zu entsprechen. Mir aber bleibt nur noch, meinen guten Mann endlich in Frie-

den zu wissen und aus der Ferne zu grüßen. Ich hoffe, es hat gemundet!

Mirca holte tief Luft. Dann nahm sie die fast leere Dose und wankte damit in den Garten, um sie randvoll zu füllen mit staubiger Heimaterde. Keine der Nachbarsfrauen, die das traurige Schauspiel vom Fenster aus mitverfolgten, verlor je ein Wort darüber.

Während der Trauerfeier standen sie dicht um Mirca und reichten ihr Taschentücher. Und als der Pfarrer meinte, Onkel Jakov sei ein *sehr guter* Mann gewesen, schenkte Mirca den Frauen ein verschlagenes Lächeln und dabei raunte sie: *Wahrlich!*

La, la, la

Einmal nur will ich der Sprache, die mich als Kind blamierte, indem sie mein *Dortunten* im Partizip Perfekt entblößte, gründlich die Meinung sagen. Immer zog ich den Kürzeren mit der Wortendung *la*, denn nur die Endung *io* bewahrte einen davor, mittags den Tisch zu decken, verdrecktes Geschirr zu spülen oder beim Kochen zu helfen, nicht angeherrscht zu werden, wenn man im Beisein Erwachsener in seiner Nase bohrte, ausspuckte oder gegen Mauern und Büsche brunzte.

In der anderen Sprache sah ich mich gleichberechtigt. Doch wie es die Großmutter hasste, wenn ich auf Deutsch auch nur dachte!

Hätte sie bloß gewusst: Mein Deutsch taugte nicht zur Tarnung, ging auf Stelzen und Krücken, verriet mich im Bemühen, es fehlerlos zu beherrschen, als endgültig Heimatlose.

Heimathafen

Klagenfurt hat keinen Fluss. Wohl streift im Norden die Glan an, am östlichen Stadtrand die Gurk und im Süden die Sattnitz, das einzige an den Stadtkern heranreichende Gewässer ist aber ein Kanal, der vom Hafen im Zentrum Richtung Westen verläuft und bei Maria Loretto in den Wörthersee mündet. Ein Hafen? Jedenfalls keiner, der nach Diesel und Teer oder nach Fisch und Tang duftet, keiner, wo Kräne quietschen, Schiffsmotoren brüllen und braungebrannte Matrosen neben Landungsbrücken auf Ausflüglerinnen warten. Nicht das ständige Kommen und Gehen. Nur eine Ahnung von allem und die Verlassenheit der Liebespaare und Trinker. Unweit dieses Hafens, im Restaurant *Rote Lasche*, hat mir Viktor Rogy, als ich noch Volksschulkind war, die Welt der *Günste* erschlossen, wie er die Künste nannte: *Unser Freund Verlaine ist verschwunden* stand kleingedruckt unter einem mittig geschlitzten Blatt, das opulent gerahmt in der Gaststube hing. Über dem Stammtisch des Vaters prangte eines der berühmten Palmers-Plakate der aus drei immergleichen Postern bestehenden Serie: eine Blondgelockte in schwarzem Body und Strümpfen, auf der Seite liegend, die Beine angewinkelt, wobei, Zufall oder nicht, eine phallusgroße längliche Abriebstelle an ihren Hintern reichte. Am rechten unteren Bildrand stand das Wort *nie* geschrieben. Hätte Viktor Rogy die drei Poster der Serie einfach beisammen gelassen, hätten die Gäste der Lasche bloß *Schön wie nie* gelesen.

Umzug auf Zehenspitzen

Sagen wir, die Geschichte geht so: Als Kind bekam ich vom Vater eine Kamera aus Plastik, stellte mich damit ans Südfenster unseres Klagenfurter Wohnzimmers, von wo aus man, wie die Kärntner Großmutter immer sagte, eine *unglaubliche Aussicht* genoss, richtete das Objektiv auf die Karawanken, kniff ein Auge zu, lugte mit dem andern neugierig in den Sucher – sah aber nicht die Berge, sondern den Leuchtturm von Porer. Aber wie war es möglich, mitten hineinzuschauen in mein anderes Land? Ob der Stollen im Gebirgskamm womöglich als Guckloch taugte? Ich wollte mich vergewissern, schaute mit freiem Auge, sah wieder nur Karawanken.

Welchem der Bilder trauen? Was die Kamera zeigte, bliebe eher beweisbar als der Blick eines Kinds aus einem Wohnzimmerfenster. Ich drückte den Auslöseknopf, um den Beweis zu erbringen und es allen zu zeigen: Seht, vom Wohnzimmer aus kann man den Leuchtturm sehen! Doch seltsam, sowie es klickte, trat anstelle des Leuchtturms die Freiheitsstatue ans Licht. Verwundert klickte ich weiter, nur um mit jedem Klick wieder anderes zu sehen, den windschiefen Turm von Pisa, das Bethaus von Banda Aceh …

All das hatte ich schon ein paarmal in echt gesehen, meist an den Feiertagen, wenn der Vater nichts Wichtigeres zu tun hatte, als mit dem kleinen Bruder und mir wieder die Welt zu erkunden, wobei den Bruder und mich bei den Besichtigungsgängen hauptsächlich interessierte, was Menschen erfunden hatten, um das Weite zu suchen und die Welt zu umrunden: Die durch den Miniaturenpark ratternde

Eisenbahn oder die Queen Mary, die im kniehohen Wasser des trüben Atlantikteichs trieb, neben gigantischen Enten, während ich fantasierte, Tochter des Riesen von Niedeck zu sein, und die Hand nach ihr streckte. Erwartungsvoll drückte ich weiter, den Nachbau des großen Teichs mit den Enten zu sehen, aber er blieb unauffindbar, genau wie der Wörtherseenebel über dem Taj Mahal oder die lärmenden Spatzen am Felstempel Abu Simbel – nur wieder der Leuchtturm von Porer. Alles, was nun folgte, bliebe bloß Wiederholung. Ich öffnete also das Fenster mit der vergeblichen Aussicht.

Stunden später stand die Hausherrin vor unserer Tür, die Kamera in der Hand: *Hast du etwas verloren?*

In Wahrheit war nichts verloren. Ich wäre die Kamerabildchen auch so nicht mehr losgeworden; denn was man einmal geschaut, bleibt dem Hirn eingebrannt, auch wenn die frühen Bilder auf den Erinnerungshalden durcheinandergeraten und zwischen neueren lagern, was ihre Aussichten schmälert, dass sie der Kopf-View-Master vor einen hinprojiziert. Die meisten Projektionen bestimmt allem Anschein nach ein Zufallsgenerator, für andere braucht es zum Beispiel ein selten gehörtes Lied oder die ersten Takte einer Klaviersonate, den Geruch nassen Laubs … schon steht mir wieder vor Augen, was ich vergessen glaubte, manchmal allerding unscharf, unter-, überbelichtet. Und beim Geschmack von Blut poppt aus dem Dunst der Weite immer mein Kinderschreck auf, knallgrell und quietschlebendig, für ein paar Schrecksekunden – Gletscherblick, Gamsbarthut, die Linke zur Faust geballt.

Unvergessen der Tag vor dem 10. Oktober, da er anstelle des Lehrers vor unserer Klasse stand: Aus Anlass des runden Gedenktags zur glücklichen Volksabstimmung sei es nur recht und billig, dass wir was Passendes singen. Im Übrigen sei er bereit, auch denen Gehör zu verschaffen, die, wenn sie unter sich sind, die Sprache der *Minderheit* sprechen. Bestimmt wisse einer von denen ein Heimatlied auf Slowenisch. Oder in einer andren jugoslawischen Sprache.

Die Linke des *Schrecks* blieb Faust. Sein eisig fahndender Blick streifte mich wie ein Schauer. Ich biss mir auf die Zunge, wo schon das Lied bereitlag, das ich immer nur summte, würgte an Spucke und Blut und an der Melodie, versuchte vergeblich zu schlucken, hoffte, dass sich wer melde, aber im Klassenzimmer herrschte betretene Stille. Niemand nahm sich ein Herz für ein Zungengeständnis, obwohl der *Schreck* erpicht schien, uns zum Singen zu bringen, in die Falle zu locken. Endlich gab er klein bei. Doch als er die Notenblätter der Kärntner Hymne verteilte, schoss mir auf einmal ein, wie ich kurz nach dem Umzug aus Wien als Vorschulkind an der Großmutterhand den Lendkanal entlangging und, wohl aus Übermut, vielleicht um sie aufzuheitern, *Hej Slaveni* anstimmte, und wie sie meine Hand ausließ und mir die ihre verkehrt samt Ehe-, Verlobungs- und Erbring auf die Lippen klatschte und sich die warnenden Worte mitsamt dem Metallgeschmack in mein Gedächtnis schrieben: *Hier leben böse Menschen, die unsere Lieder nicht mögen.*

Nie vergaß ich den Satz, der auf die Maulschelle folgte und für den Rest unseres Ausflugs wahrscheinlich der letzte blieb. Der Großmuttertachtel sei Dank durchfuhr mich die Kärntner Geschichte als unverständliche Ahnung. Ich fragte nicht, wer die waren, die unsere Lieder nicht mochten, fragte auch nicht nach dem Grund. Wer zu viel fragt, hieß es damals, mache nachts noch ins Bett.

Und als ich nun übereifrig das Loblied auf Kärnten mitsang und mich an der Zeile verkutzte, in der sich das Heimatland bis zur Felsenwand der Karawanken dehnte, und meine blutige Spucke auf die Partitur tropfte, schwindelte mich so gewaltig, dass mir der *Schreck* vor den Augen verschwamm und an seiner statt der Singlehrer dirigierte. Der ließ seine Arme sinken und blickte mich sorgenvoll an: *Warum bist du so blass? Ist dir am Ende nicht gut?*

Haben Sie ihn gesehen? Da war der Mann mit dem Hut.

Sagen wir, die Geschichte geht so: Jahrelang hielt ich Ausschau nach den gesichtslosen Bösen, vor denen die Großmutter warnte, hauptsächlich unter jenen, die eigene Lieder sangen. Aber der Verdacht erwies sich als unbegründet. Böse Menschen, hieß es, haben gar keine Lieder. Womöglich waren die Bösen unter den Schreiern zu finden, deren Wirtshausgelächter im Dorf meiner Kärntner Kindheit bis auf die Überlandstraße inmitten der Felder drang. Neben diesen Lauten war ich nicht einfach nur klein, sondern geradezu nichtig, erst recht, wenn mich einer von ihnen in einer Mundart ansprach, die ich nicht nachahmen konnte – *Diandle, wos schaustn so pritschat?* Ich presste den Mund zum Strich, um kein Wort zu verlieren, nicht wieder belangt zu werden wegen der anderen Sprache, die ich auch nicht beherrschte, wie man das gerne wollte. Das trippelnde *Nåchdaschriift*, auf das der Vater bestand, machte einen verdächtig.

Als wir vom Stadtranddorf wieder nach Klagenfurt zogen, glaubte ich mich kurz von allem Bösen entbunden, bis ich mich wieder gewarnt fand, diesmal vor garstigen Männern, die hinter Büschen lauern. Bei Gelegenheit, hieß es, nähmen sie einen mit.

Den Hauptmann der Kinderverzahrer habe ich oft gesehen, wenngleich nur als Silhouette, das gestohlene Kind an seiner linken Hand. Vor allem an Gehwegrändern wurde vor ihm gewarnt, auf kreisrunden, blauen Schildern, darauf der Mann mit dem Hut, wie er ein Mädchen entführt. Unvergessen der Herbsttag, da ich selbst vor ihm stand, wohl auf dem Weg zur Schule. Sofort erkannte ich ihn als den Häuptling der Bösen, da auf seinem Hut ein prächtiger Gamsbart steckte. Mit schmalen, eisblauen Augen, die Brauen zusammengezogen, glotzte er auf mich herab, ein sonnengebrannter älterer Mann im festlichen Trachtenanzug, braune Joppe mit waldgrünem Rand, rostrote Unterjacke mit schimmernden Kugelknöpfen, die Linke über der Brust zur riesigen Faust geballt. Was hielt er darin verborgen? Wahrscheinlich war es ein Zuckerl, oder ein Wackerstein, jedes Kind zu erschlagen, das sich ihm widersetzte. Seinen Mund sah man nicht. Ein schlohweißer Riesenschnauzbart hatte ihn überwuchert. War mir nicht beigebracht worden, vor solchen Reißaus zu nehmen? Nein, es galt, zu entziffern, was auf dem Zettel stand, den er mir, wie es Bedürftige tun, heischend entgegenstreckte. Allerdings stand auf dem Zettel weder *Ich brauche Geld* noch *Komm, ich zeig dir was Schönes*, sondern *Bleibt Kärnten treu*. Offenbar war der Mann gar kein Kinderverzahrer, eher einer der Bösen, die die Großmutter meinte. Ein Fahndungsbild war das nicht, schoss es mir durch den Kopf, den Blick aufs Plakat gerichtet, mehr ein Huldigungsposter. War er der Schutzpatron der Krachlederlauten vom Land, und sein strenger Appell eine Art elftes Gebot? Rein gar nichts am Hut zu haben mit Leuten von seinem Schlag war bestimmt eine Sünde. Am Ende wäre schon treulos, wer gar keinen Hut besaß und weder Joppe noch Weste, aber ein zweites Land.

Keinem habe ich je von der Begegnung erzählt, blieb aber auf der Hut, duckte mich und gehorchte, wenn uns die Mutter ermahnte: Immer schön leisetreten, spielen auf Zehenspitzen. Und wehe, wenn der Parkettboden knarrt, das mag die Vermieterin nicht. Sie wohnte im Stock unter uns. War ich allein zuhause, knallte ich manchmal die Tür, um mich an der Frau Kutscher fürs dauernde Kuschen zu rächen. Und wenn die Kutscher die Mutter wieder im Stiegenhaus anhielt, um ihr damit zu drohen, uns aus dem Haus zu schmeißen, schickte mich die Mutter zum nahegelegenen Greißler. Dann mussten der Bruder und ich vor der Hausherrin strammstehen, um mit Schweizer Konfekt, Lübecker Marzipanbrot, Reber Trüffelpastete und wässrigem Lügenmaul um Verzeihung zu bitten. Die Kutscherin tat, als gebühre ihr Dank, unsere Opfergaben mürrisch entgegenzunehmen. Bald kriegte sie die Gewohnheit, sich auch dann zu beschweren, wenn überhaupt keiner lärmte.

Jede Kindheit hat ihren *Schreck*, aber auch Lichtgestalten. Meine hieß, sagen wir so, Heidelinde Posratschnig – ich nannte sie allerdings Heidi, wegen der blonden Zöpfe. Sie lebte im Haus nebenan, ging in dieselbe Klasse, lernte wie ich Klavier beim pensionierten Magister, der um die Ecke wohnte. Männer seines Alters, die noch bei Kräften waren, sah man nicht sonderlich viele. Viele waren im Gestern, andere in Russland geblieben, andere hatten sich in sich zurückgezogen. Er aber kümmerte sich, rührend, wie man sagte, um die *heutige Jugend*, um sie vor Liederlichkeit und Ausschweifung zu bewahren, indem er sie hart, aber herzlich die Kunst der Geläufigkeit lehrte. Heidi bekam von ihm nach dem Klavierunterricht jedes Mal Süßigkeiten, obwohl sie so wenig übte.

Heidi war zu beneiden, auch für die Erlaubnis der Eltern, drei Tage vor Silvester mit ihren beiden Brüdern und ein paar Nachbarskindern von Haus zu Haus zu ziehen, um den Bewohnern für Geld unter Aufsagen eines Glückwunschreimes mit einem Tannenzweig auf den Hintern zu klopfen. Ah, höchstes der Gefühle, die Kutscherin zu verdreschen! Mir blieb solches Glück versagt. Die Mutter, mit Kärntner Brauchtum nicht bis ins Letzte vertraut, sorgte sich um die Nåchred'. Was würden die Leute sagen, wenn die eigenen Kinder den feinen Damen und Herren jener vornehmen Gegend die parfümierten Ärsche nach Strich und Faden versohlten? Sie selbst ließ es sich gefallen, denn sie war abergläubisch, und ich musste mitansehen, wie Heidi und ihre Brüder die Mutter genüsslich schlugen. *Schappschapp, frisch und g'sund.* Danach schickte sie mich immer ihre Brieftasche holen, um es den kleinen Wichsern großzügig zu vergelten. Nur die Klavierlehrerfrau bezahlte angeblich noch besser. Heidi erzählte mir, wie die Magisterin beim Wichsen *Schneller!* brülle und ihr sogar befehle, noch fester zuzuschlagen, weil es sonst ja nicht helfe: *Schappschapp – Fester! – Frisch und g'sund – Jawoll! – Lång lebm, g'sund bleibm – Fester! Weiter! Weiter! – nix klunzn, nix klågn, bis i wieda kum schlågn.* Einmal, berichtete sie, habe sie die Alte derart heftig verdroschen, dass die Tannennadeln nach allen Seiten spritzten und ihr vom Zweiglein am Ende nur das Gerippe blieb.

Auch mir brachte Heidi Glück. Sie lehrte mich Kärntnerisch, Kraftausdrücke und Sprüche. An ihrer Seite war Lachen, war laut und vorlaut sein – bis mich ein achtloses Wort wieder ins Schweigen zurückstieß. Oder eine Entdeckung. Etwa der *Ruf der Heimat*, eine Art Postwurfzeitung, alle zwei Wochen gratis. Einmal fand ich sie auf unserem Fußabstreifer, nahm sie mit in die Küche, blätterte vor mich hin, überflog ein paar Schlagzeilen und einige Bildunterschriften und fuhr auf einmal zusammen, denn da stand schwarz auf weiß, es drohe Gefahr aus dem Süden: Titos eiskalter Schatten!

Endlich waren die Bösen benannt. Es waren die Kärntner Slowenen, und, schlimmer noch, Jugoslawen, denn die waren drauf aus, sich Kärnten anzueignen, blutrünstig, machtversessen. Die Guten aber waren die Männer vom Heimatdienst, Landesverteidigungsmeister in stattlichen Uniformen, die man auf den Fotos ausgiebig bewundern konnte. Die Männer vom Dienst blickten streng. In nussbraunen Joppen und Hosen und prächtigen Gamsbarthüten posierten sie vor ihren Fahnen, Ebenbilder des einen mit den eisblauen Augen, Klone möglicherweise, die sich weitervermehrten. Sie hatten darüber zu wachen, dass keiner auf die Idee kam, den listigen Landesverrätern ein Zugeständnis zu machen. Der Kärntner, las ich, spricht deutsch.

Der Schreck fuhr mir in die Knochen, denn die Guten vom Dienst wären der Großmutter böse, wüssten sie, dass sie Bekannten von meinem Vater erzählte, er sei im Grunde Slowene. Ich durfte nicht widersprechen, obschon ein Teil in mir aufs Heftigste rebellierte, denn auf der anderen Seite, nordseits der Karawanken, galt der Vater zum Glück als echter Österreicher. Hatte nicht seine Mutter als siebenjähriges Kind vor der Gefahr aus dem Süden schon einmal flüchten müssen? Mit ihrer jungen Mutter war sie bei Nacht und Nebel über den See gegangen.

In einem Bühnenstück habe ich einst gehört, wie ein gewisser Ernst seinem Freund Karl erklärte, was er für schrecklich halte, nämlich auf hoher See sein, in jeder Hand einen Koffer – und kein Schiff unter den Füßen. Zum

Glück war der See gefroren, als Groß- und Urgroßmutter, in jeder Hand einen Koffer, über das Wasser liefen – husch, husch ans nördliche Ufer zu entfernten Verwandten –, und nach zwanzig Minuten die mit Reisig markierte Linie überschritten, die als Demarkation das ungewisse Gebiet von Deutschösterreich trennte.

Ich an ihrer Stelle hätte genauso gehandelt und am 10. Oktober für den Verbleib der Heimat in jenem Land gestimmt, wo es das Christkind gab und Alpenmilchschokolade und späterhin Schweizer Konfekt und Reber Trüffelpastete. Denn sicher hätte die Kutscher uns mit Sack, Pack und Klavier auf die Straße gesetzt, wären der Bruder und ich am Ende mit Krašbonbonnieren bei ihr zu Kreuze gekrochen.

Die Männer vom Dienst hatten recht, und dennoch war ich bekümmert, denn ich wusste nun, warum man die anderen Lieder in Kärnten nicht singen durfte, und dass sich die angeblich Bösen, die diese Lieder nicht mochten, nicht einfach nur für die Guten, sondern für besser hielten. Und was, wenn die strengen Herren Sippenhaftung betrieben? Vorsorglich warf ich das Blatt in den nächstbesten Eimer, entschlossen, mir Großmutters Sprache im Vaterland zu verbeißen. Schließlich hätten die Dienstler bestimmt ihre Lauschgeräte, bessere als die von dort unten. *Mama, der Kärntner spricht deutsch! Denk gefälligst daran, wenn du hier mit mir redest!*

Nie hab ich der Mutter erzählt, dass ich den Gratispostwurf immer vor ihr versteckte, damit sie nicht wie ich an uns zu zweifeln begänne im Namen der Mehrheit, im Namen des Deutschtums, im Namen der Heimattreue. Lag nichts auf dem Fußabstreifer, hielt ich von Zeit zu Zeit besorgt im Postkasten Nachschau, ob man uns zwischen Briefen,

Rechnungen und Reklame wieder den *Ruf der Heimat* untergejubelt hatte, in der ständigen Furcht, verfolgt und beschattet zu sein, bis ich endlich erwog, die Spitzel zu überlisten, die Großmutter zu verschleiern und mich neu zu erfinden. Fragte mich irgendwer nach der Herkunft der Mutter, log ich, sie stamme aus Rom und erbaute mich an bewundernden Blicken. Rom war der bessere Süden – und ich mit der Zeit immer besser im Täuschen, Flunkern und Dichten. Bald waren es Heldengeschichten, und ich war die ruhmreiche Tochter meiner römischen Mutter.

Nur Heidi ließ mich im Stich. Kurz vor der Schullandwoche spielte sie tagelang krank, um nicht mitfahren zu müssen, und spielte nicht mehr Klavier. Es hieß, von der letzten Stunde sei sie völlig verstört und plärrend nach Hause gekommen. Die Klavierlehrerfrau habe sie nämlich beschimpft und des Hauses verwiesen, freilich nicht ohne zuvor die Kindsmutter anzurufen – alles geschehe ihr recht: Heidi habe den achtbaren Herrn Magister nämlich ein Schwein geheißen, als er sie dafür rügte, andauernd nur zu hudeln und danebenzugreifen und beim *Piano! Piano!* immer zu laut zu werden. Abgesehen davon übe sie viel zu wenig. Schon beim Nachhausekommen setzte es ein paar Tachteln, dann hieß es Hausarrest für mindestens eine Woche.

Wahrscheinlich wollte sich die Magisterin rächen, weil sie letztens am Ehrentag der unschuldigen Kinder stundenlang vergeblich auf Heidi warten musste – und weil auch sonst keiner kam, ihr Gesundheit zu wünschen. *Schneller! Fester! Weiter!* Heidi war zu beneiden, den alten Magister samt Frau endgültig los zu sein. *Presto! Presto! Presto!* Ich konnte es nicht mehr hören, begann, seine Stunden zu schwänzen, wollte die Schule schmeißen und nicht mehr jeden Tag die

Seufzerbrücke über den trüben Karpfenteich queren, um für mehrere Stunden in einem Stift einzusitzen und aus dem Fenster zu starren oder Karikaturen zynischer Lehrpersonen in mein Schulheft zu kritzeln, die letztlich die Macht besaßen, die Strauchelnden unter uns endgültig zu Fall zu bringen.

Durch die alten Mauern zog ein dauerndes Frieren, zogen Fetzen von Liedern aus kleinlauten Kinderkehlen, und die Stiftsgymnasiasten senkten fromm ihre Blicke auf die Notenblätter, bis sie ein Schwindel befiel und sie ins Taumeln gerieten und – *Ave, verum corpus* – aus allen Himmeln stürzten, während der *Schreck* dirigierte und aus hundert Hälsen – *Heil, o wahrer Leib!* – die totgeschwiegenen Seufzer als Singsang zur Decke strömten, *Schneller! Fester! Weiter!*, und *Heil, o wahrer Leib*, der vielleicht wahrhaft litt am Tag der schuldlosen Kinder, wenn man dem *Schreck* für Geld den blanken Hintern versohlte, *Ah, sei uns Vorgeschmack in der Prüfung des Todes!*

Ah, Notentotenköpfe! Nur selten blickte ich auf und sah an Gottes statt die prunkvollen Deckenfresken, darauf bärtige Männer in wallenden Mönchsgewändern, manche spärlich bekleidet, von Engelsgestalten flankiert, und zwischen ihnen das Spruchband, darauf in großen Lettern: EGO SUM VIA VITA ET VERITAS. *Sagt schon, wie sprecht ihr zuhause? Kommt schon, raus mit der Wahrheit!* Einmal, beim Koschat Lied, erschien mir der Kinderschreck unter den Männergestalten, *in cruce pro homine*, nichts als den flatternden Schurz um die mageren Lenden, eine Art Engelsbanner, auf dem BLEIBT KÄRNTEN TREU! stand. Ich stürzte Hals über Kopf aus dem riesigen Singsaal, lief und lief immer weiter über die zugigen Gänge bis zur steinernen Treppe, *in mortis examine*.

Keiner suchte nach mir.

So sehr ich mich auch bemühte, meinen Platz zu erstreiten; alle meine Geschichten blieben am Ende erfunden. Um dennoch dazuzugehören, schloss ich mich denen an, die ebenso fremd waren wie ich, jedenfalls ähnlich befremdet. Unter den Sonderlingen fand ich auch Heidi wieder. Herkunft zählte nicht mehr, denn in unserem Kosmos gab es nur englische Lieder.

Sowie die Schulzeit vorbei war, suchten wir Fremden das Weite. Weit sind wir nicht gekommen. Bis nach Wien immerhin, wo ich fast täglich zum Südbahnhof fuhr, um die Kärnten-Ausgabe der Kleinen Zeitung zu kaufen und danach seelenwund den Zügen nachzuschauen, die Richtung Süden rollten, während dort ältliche Männer in Wichs durch die Straßen marschierten, die Augen flackernd feucht beim Anblick ihrer Wimpel.

Jenseits der Grenzlandberge geriet der Süden ins Wanken. Die Tageszeitung schrieb von drohenden *Flüchtlingswellen*.

Was, überlegte ich, täten die Männer vom Dienst, fluteten die von dort unten abermals Kärntner Boden? Würden sie dafür plädieren, die Schleuse durch den Grenzberg erneut zu verbarrikadieren, wie damals, kurz nach dem Krieg, mit Brettern und Drahtverhauen? Hatten sie denen da unten die Hölle so heiß gemacht, dass sie befürchten mussten, der Teufel persönlich kröche einst durch den finsteren Stollen, um sich an ihnen zu rächen? *Wer andern eine Grube gräbt, fällt irgendwann selbst hinein*. Stammte der Spruch daher, dass der Gauleiter Rainer Kriegsgefangene und KZ-Zwangsarbeiter den Tunnel ausheben ließ? Vierzig Menschen starben an Steinschlägen oder Kälte ... Hunderte waren so schwach, dass man sie zum Sterben zurück nach Mauthausen brachte. Wieder andere wurden vom NS-Lagerarzt durch Benzininjektion an Ort und

Stelle getötet. Ob der Massenmörder, der nach dem Krieg verurteilt, aber nach wenigen Jahren begnadigt und sodann im Landeskrankenhaus anstandslos angestellt und alsbald befördert wurde, je wieder ruhig schlafen konnte, oder ob ihn das Knistern der leeren Zementpapiersäcke, die sich die Grubengräber in den Bitterwintern, um nicht zu erfrieren, unter Todesdrohung in ihre Hemden stopften, aus seinen Träumen schreckte, ist leider nicht überliefert.

Fünfzehn Jahre vergingen, bis sich endlich wer traute, die Bretter und Drahtverhaue vom Tunnelportal zu entfernen, das Höllentor wieder zu öffnen. Jetzt, da der Teufel sein Land eigenhändig zerrupfte, endlich der Loser war, als den man ihn immer wollte, hieß er *Nachbar in Not*.

Die Großmutter war den Dienstlern von nun an nicht mehr gefährlich. Zahnlos harrte sie mit ihrem kranken Mann in einem feuchtdunklen Keller auf die besseren Zeiten, während Heidi und ich unsere englischen Lieder unentwegt auf und ab spielten, *Happiness is a warm gun*, bis sich das braune Magnetband aus dem Kassettengehäuse als glänzender Bandsalat über dem Kelim verteilte, ähnlich dem frischen Tang auf meinen Kindheitsstränden. Da heulte ich dann ein bisschen. Ob ich reden wolle? – *Aber nein, alles okay.*

Nur einmal, die Nacht war spät und die Flasche geleert, erzählte ich Heidi mehr von meinem zweiten Land, und vom jähen Verstummen bei jedem Wirtshausgelächter, und meiner Ursachenforschung. *Hey*, unterbrach sie mich, *Seit wann interessiert dich Geschichte? – Hast du nie nachgelesen, was uns verschwiegen wurde?* Ich erzählte ihr, dass vor gut zwanzig Jahren ein wildentschlossener Mob ins Kärntner Unterland fuhr, um Ortstafeln auszureißen, weil sie zweisprachig waren. *Hach*, sagte Heidi gelangweilt. Beim Ortstafelsturm sei ihr Vater einer der ersten gewesen.

Und eigentlich sei es recht, denn gebe man unseren Dörfern ihre slowenischen Namen, bestärke das die Slowenen, sich das Land einmal mehr unter den Nagel zu reißen. *Gib ihnen den kleinen Finger, schon wollen sie die ganze Hand.* Man habe sich wehren müssen gegen die Weisung aus Wien, die Ortschaften umzubenennen. *Die hießen doch immer schon so*, fuhr ich ihr dazwischen. Heidi räusperte sich: *Hey, lass es gut sein, Liebes, das ist doch Schnee von gestern. Nein*, hielt ich lallend dagegen, *ich werde bestimmt nicht mehr kuschen, solange die anderen lautstark durch die Straßen marschieren.* Da zuckte sie bloß die Schultern: *Du wirst diesen Krieg nicht gewinnen.*

Ich ging trotzdem zurück, kam und ging immer wieder. Und sollte mich jemand fragen, warum ich es Heimkehr nenne und wie ich es aushalte hier, voll des Mitleids zwar, aber ohne Verständnis, als stünde ich allein auf verlorenem Posten, behaupte ich, da zu sein, den Ruf der Heimat zu retten.

Unlängst kam ich aus Zagreb, kurz vor der Reisewarnung wegen der neuen Gefahr. Der Grenzposten diesseits des Tunnels schaute nicht in den Pass, maß bloß meine Temperatur. Alle sind heiß auf mein Land.

Heute stehen die am Rand, die früher am lautesten tönten. Und morgen ist auch noch ein Tag und alles vielleicht wieder anders und alle wähnen sich gut und im Besitz der Wahrheit und also besser als andre. Am Ende schreiben sich alle grundverschiedene Wünsche auf ihre Banner und Fahnen und kämpfen gegeneinander, behaupten aber das Gleiche: Frieden, Freiheit und Würde. Nur an ihrem Ton erkennt ihr die wahren Hasser. Böse Menschen, fürwahr, haben auch ihre Lieder. Und riete mir heute einer *Lass die Vergangenheit ruhen*, gäbe ich zur Antwort: *Morgen holt sie uns wieder.*

Bei unserer letzten Begegnung hat mich Heidi gefragt, ob mich der alte Magister auch so lieb gehabt habe, dass ihm ab und an die Hand in die Hose rutschte. Ich schüttelte bloß den Kopf – *Der mochte doch keine Tschuschen*. Da hat sie wieder gelacht.

Jeder hat seinen *Schreck* und seine Lichtgestalten. Seht nur, wie sie marschieren, die Wütenden und Besorgten, die zu gut Situierten und die Zukurzgekommenen, die sich im Besitz der besseren Wahrheit meinen, einem Wir geschuldet, das nicht alle umschließt, sondern nur einen Zirkel von Weltuntergangspropheten, die neue Bedrohung behaupten und neuen Hass befeuern. Sich denen zu widersetzen, wäre Dienst an der Heimat.

Und wenn die Fahnen wieder im Oktoberwind flattern und ich mir aus Versehen zu fest auf die Zunge beiße, taucht der Kinderschreck auf, wieder mit Gamsbarthut und schlohweißem Pornobalken, aber anstatt des Zettels sein Geschlecht in der Hand.

Bald ist es wieder so weit. Die letzte Ernte steht an, über die Wiesen und Seen legt sich der Nebelschleier, und die Nacht tritt über unbefestigte Ufer. Nur manchmal kommt es mir vor, als leuchtete durch das Bergloch selbst im dichtesten Dunkel ein warmes, südliches Licht.

Neulich träumte ich von einer Prozession ohne Kreuze und Kränze, ohne Fahnen und Fäuste. Ein Schweigemarsch der Gerechten. Sie gingen auf Zehenspitzen, immer den Berg hinauf, bis über die Nebelgrenze, um den Leuchtturm zu sehen. Und als sie ganz oben waren, blickten sie auf mein Land, zu Füßen ein weißes Meer, aus dem die bewaldeten Gipfel wie magische Inseln ragten.

Dida Stijepan

Beim Anblick eines Läufers schaue ich immer schnell in die andere Richtung, wer oder was ihn verfolge, und denke an Dida Stijepan, den ich, ewig schade, nur vom Hörensagen kenne. Dida Stijepans Tante soll, so geht die Legende, mit ihren bloßen Händen einen Wolf erwürgt haben, als er ein Schaf reißen wollte. Er selbst war weniger rührig, seit er mit dreiunddreißig als k.u.k.-Offizier unversehens ausgedient hatte, nur noch im Bette fleißig. Er zeugte neun, zehn Kinder, erfreute sich bester Gesundheit und genoss bis zuletzt seinen Ruhestand wörtlich. Möglich, dass er sich das eine und andere Mal auf Drängen seiner Frau oder eines seiner immer hungrigen Kinder dazu aufraffen konnte, eine Arbeit zu suchen, doch betete er zu Gott, niemals eine zu finden. Lieber ging er zur Jagd oder ins Stammcafé, und nichts außer schönen Frauen konnte den Müßiggänger je aus der Ruhe bringen.

Es gebe nur zwei Gründe, behauptete Dida Stijepan, warum der Mensch laufen müsse: Im einen Fall ist er dem Bus hinterher, im andern verfolgt ihn ein Bär.

Und Heimweh hab ich nur zuhaus

> Unlängst stand in einer österreichischen Tageszeitung zu lesen, man habe bei einer Hausdurchsuchung in der Wohnung eines Mannes irgendwo in Kärnten Nazidevotionalien und Waffen sichergestellt. Der Mann habe angegeben, die Sachen *aus historischem Interesse* gekauft und besessen zu haben.

Ihr Österreicher, sagte die Großmutter oft, *nichts als schöne Worte*. Doch waren die schönen Worte nicht einmal das Schweigen wert, das sich dahinter verschanzte, und manchmal verdeckten sie mehr als es ein Schweigen vermochte. Dennoch braucht es Worte, um den ewigen Schweigern laut ins Gesicht zu rufen, was sie ohnehin wissen.

Meine Großmutter also. Sie warb nach den Donnerwettern auf eigene Art um Versöhnung, streckte den Zeigefinger, auf dass ich meinen darauf legte und wir, Finger an Finger, den Frieden emporsteigen ließen, *Mir, mir do neba!* rufend. Nichts konnte auf Dauer entzweien. Nur, wenn sie von Österreich sprach und dabei anderes meinte als das, was mir lieb und vertraut war und ihr also umso verhasster, krampfte mein Kinderherz. Österreich war deutsch und also das Land der Mörder ihrer geliebten Schwester. Daran war nicht zu rütteln.

Die Grenze schien gottgegeben, auch die Komplikation, dass man nördlich davon an Krampus und Christkind glaubte und südlich davon an Tito, allerdings da wie dort, die besseren Worte zu haben. Für mich stand es unentschieden. Die auf den Fotografien mit dem warmen Orangestich dokumentierte Kindheit – eine Gegenbehauptung zum schwarzweißen Damals der Ahnen. Und doch drohte ab und zu ein wenig von ihrem Schwarz auf mein Bunt abzufärben, wenn es zum Beispiel hieß, die Kinder hätten gut schwatzen, und man sie mit dem Verweis, keine Ahnung zu haben, wieder zum Schweigen brachte – ohne zu verraten, was einer wissen musste, um überhaupt mitzureden. So blieb den Kindern nichts, als die Erwachsenen gelegentlich zu belauschen, wenn sie unter sich waren und sich Geschichten erzählten, die nicht belangreicher schienen als schaurige Kindermärchen. Etwa die Anekdote von der Mutter der Mutter, mehrmals beiläufig erwähnt: wie sie mit ihrer Schwester, da das Geld zu knapp war für die Weiterbildung, am Splitter Gemeindeamt als Tippfräulein anheuern musste und, weil bald viele kamen, die Reißaus nehmen mussten vor den Faschisten im Norden, und es zum Überleben bloß einen Amtsstempel brauchte, Ausweispapiere fälschte. Es war eine Frage der Zeit, bis die Fälschung aufflog, die doch ein Richtiges hatte. Man kam ihnen auf die Schliche, genau wie etlichen andern, die über Nacht verschwanden. Die Schwestern wurden gewarnt, ließen die Stempel liegen und machten sich auf in die Wälder. Man gab ihnen Uniformen und Pistolen und Stiefel.

Nie vergesse ich, wie sich die Großmutter einmal am Mittagstisch selbst parodierte, um dem Urenkelsohn, der wieder nicht aufessen wollte, halbwegs begreiflich zu machen, was Hunger bedeuten konnte: Einmal habe sie ihr Goldkettchen hergegeben für einen Türkenkolben, sich diesen Türkenkolben, da ihr der Magen so knurrte, roh in den Mund geschoben. Lachend zeigte sie vor, wie sie zu beißen versuchte, einige Körnchen herausbrach, aber nicht kauen konnte, ohne die Kiefer dabei mit Hilfe beider Hände gewaltsam zusammenzupressen – die eine Hand auf dem Scheitel, die andere unter dem Kinn.

Heimweh ist nur ein Wort. Weh tut es nur daheim. Der Tod der Großmutterschwester juckt in Österreich keinen. Man müsse ihn *gut* sein lassen, da ja längst Frieden herrsche. Frieden aber *herrscht* nicht und lässt sich auch nicht verordnen. Die größten Menschheitsverbrechen – begangen in seinem Namen. Und danach? Aufgerechnet mit den Verbrechen der anderen. Oder bequem beglichen durch eine Schweigegeldzahlung, die man Entschädigung nennt, die Gönnergeste der Missgunst: *Man wird doch noch sagen dürfen … gab es auf Seiten der Geber etwa nicht ebenfalls Dulder, Verwundete und Getötete? Man wird wohl noch sagen dürfen … gab es unter denen, die jetzt die Hand aufhalten und auf Ehrenmäler pochen, nicht auch gemeine Täter? Man wird …* – und doch zählt am Ende: Wer dem Angreifer folgt, fällt nicht Gegnern zum Opfer, sondern dem eigenen Führer, und wer da nicht zustimmen will, hat bis jetzt nicht begriffen. Genau wie die Selbstgerechten auf der anderen Seite, wenn sie sich heute gefahrlos als Antifaschisten outen oder fürs Leid ihrer Ahnen selbst bemitleiden lassen, für deren Tapferkeit aber loben und preisen. Auch ihr Wir widert mich an, und ich krepiere daran, wie sie Betroffenheit gewinnbringend ausverkaufen und ihr blindes Gefolge mit hohlen Phrasen umgarnen: Partikularhumanisten! Sie handeln nicht aus Gemeinsinn, sondern aus Sorge um sich und allenfalls ihresgleichen, und lehnen sich nur aus dem Fenster, wo damit zu rechnen ist, dass die eigenen Leute schon mit dem Sprungtuch warten, vielleicht weil sie insgeheim wissen, dass sie ins Wanken geraten, sobald man von ihnen fordert, den Blick auf jene zu lenken, auf die sie gewöhnlich herabsehen, weil sie es besser haben oder, schlimmer, noch schlechter. Unter dem Glorienschein vorgeblicher Toleranz glüht das Identitäre, das sich aus Herkunft speist, nicht weniger niederträchtig als bei den Ungenierten, die sich zum Fremdeln bekennen und sich nur um die scheren, die vom Fremden bedroht sind – wirklich oder vermeintlich. Ein Zebrastreifen im Stadtkern wird zum Regenbogen, der Anstrich der Weltoffenheit von Zeitungen groß verkündet; aber die beiden Burschen, die wenige Meter weiter zu mitternächtlicher Stunde Schläge einstecken müssen, weil sie sich, wer hat's gesehen?, auf offener Straße küssen, sind nur die Randnotiz wert.

Beileid ist auch nur ein Wort, reserviert für die Erben – und die letzte Ehre oft genug auch die erste. Gelobt sei der Leichenschmaus! Gelobt sei die deutsche Sprache in der Landesverfassung, das Faustrecht der Zärtlichkeit! Land der Hämmer, Häme, unschulds- und tugendreich!

Mein Heimweh ist mir so peinlich. Ich erinnere mich, wie ich mich immer ein bisschen vor der Großmutter schämte für das Privileg, in einem Land zu leben, für das man uns heimlich beneidet – das Land der Ananas und Chiquita-Bananen, des echten Filterkaffees und der Trüffelpastete, Ringstraßeneleganz, Saus-und-Braus-Kultiviertheit, das Land der schnelleren Rettung, in dem sich nicht Arzt noch Müllmann jede Mühe ersparen, solange man sie nicht schmiert.

Und als ich die Jauche bemerkte, gegen die weder Doktoren noch die Müllabfuhr helfen, schämte ich mich wieder, aber diesmal ganz anders.

Nazar

An hellen Tagen erschien mir die Turmuhr der Heiligengeistkirche als himmelblaues Auge. Mit den von innen nach außen konzentrisch um eine schwarze Mitte angelegten Farbkringeln – hellblau, weiß, wieder schwarz – gleicht das Ziffernblatt einem *Nazar*, wie man es auf dem Balkan und im Orient zum Bann des bösen Blicks als Amulett verwendet. Was muss das Kirchturmauge in all den Jahren gesehen haben! Maria Lassnig vielleicht, die vor der Errichtung des ehemaligen Quelle-Kaufhauses neben dem Kirchengebäude ihren Werkraum hatte. Und später wahrscheinlich uns Kinder, wie wir am frühen Morgen dichtgedrängt auf der südlichsten der schmalen, parallel zur Straße verlaufenden Warteinseln unserer Schulbusse harrten. Oder den Stadtstreicher, der sich gegen Mittag, wenn wir auf der Heimfahrt wieder den Weg über den Heiligengeistplatz nahmen, vor den Eingängen des Quelle-Kaufhauses herumtrieb, bereit, jedem Buben, der ihm im nahen Schillerpark ein paar Sekunden lang den Anblick seines Geschlechts gewährte, fünf Schilling zu bezahlen. Oder Mütter und Väter, die den Heiligengeistplatz, an dem sie ihre Kinder in gefährlicher Nähe zu den Randlingen wussten, besorgt in Augenschein nahmen. Oder mich, wie ich im Winter 1990 auf den Freund wartete und in der Heiligengeistkirche unter einem Bild des von zwei Engeln flankiert in den Himmel fahrenden Christus Zuflucht nahm vor der Kälte.

Dschinn

Allen meinen Orten bin ich nur eingemietet, mein *Mein* heißt nicht viel, will heißen: Besitzanzeige ohne Substanz, ein Kartenhaus aus Pathos, Echos, Geschmäckern, Düften – und ich: der Pawlowsche Hund. Zagreb ist Festwert, Platzhalterort, ein anderes Wort für *Woher*, vermerkt in meinen Papieren. In einer sehr weiten Rückschau die smoggraue Stadteinfahrt, Blick aus dem Wagenfenster, kindliche Wunschprojektion auf rußgeschwärzten Fassaden, Dieseldunst, gelbes Flutlicht, Scheinwerfer, Schlaglochrumpeln, Vaters deutsches Fluchwort, Mutters *Gleich sind wir da*. Das Da ist das Großelternhaus, eine gestrandete Arche von knarzendem Fischgrätparkett. Beim Eintritt der Duft von Papier, Tabakrauch, Druckerschwärze, Süßholz, Anis, Lavendel – Trost des beständig Vermissten. Anschließend im Salon das Bild des sterbenden Reiters, die kohlenweiße Friedenstaube, eine dickliche Nackte und Staunen auf Zehenspitzen vor der alten Vitrine. Hinter dem Schiebeglas: Bücher und Tapferkeitsorden. Der Flügel, das Wort darauf, *Böse* ... flüstere ich, höre die Bravorufe, mag den Rest nicht entziffern. Der Flügel fletscht sein Gebiss. Die Großmutter sieht es nicht, nickt, will, dass ich ihn bespiele. Auf seinem Rücken hat sie Feigen und weiße Maulbeeren zum Trocknen auf Tücher gebreitet. Schimmelgraues Schrumpeln neben dem gläsernen Gral meiner heimlichen Lüste. O, heilige Bonbonniere, Sonderrecht der Erwachsenen! Hochprozentige Freude, in goldene Folie gewickelt. Oft hab ich mir vorgestellt, so ein Ding zu stibitzen, mir durch seinen Genuss jene Macht anzueignen, die nur Erwachsene hatten. Nicht ihre drohenden Blicke hielten mich davon ab, sondern die Fantasie, aus jener Wunderdose könnte ein Dschinn entweichen – oder ein guter Geist, der der Großmutter diente und ihre Wünsche erfüllte. Warum sonst sollte sie die Dose so sorgsam bewachen? *Finger weg! Finger weg!* Kinder kriegen Süßes aus knisternden Plastikbeuteln: Hustenbonbons aus Lakritz, *Bronhi, lakše se diše*, denn das Atmen fällt schwer in den verqualmten Zimmern.

Einmal war's mir vergönnt, vom Verbotenen zu kosten. An jenem glücklichen Tag sauste der Tastendeckel auf meine Finger nieder, und ich schrie wie am Spieß: *Der Böse hat mich gebissen!* Nichts konnte mich beruhigen, bis der Großmutter einfiel, den verlogenen Kindsmund mit Krašpralinen zu stopfen: *Evo ti Bajadera!* Zähe, kraftlose Süße. Köstlich war nur der Triumph, das Bonbonnierengeheimnis endlich gelüftet zu haben. Aber wo war der Dschinn? Wer ihn störe, hieß es, müsse für immer schweigen, verliere gar seine Zunge. Ich vergewisserte mich, würgte, spuckte und lachte; und auf die Großmuttertachtel folgte wieder das Plärren. Nur einmal noch, Jahre später, fand ich das einst Erlebte so vor mich hingestellt, als wäre es gegenwärtig – allerdings ganz woanders.

Andenken haben Adressen. Ich habe sie nicht gezählt, nicht einmal die Postleitzahlen oder die ersten Bilder. Zum Beispiel ein Festsaal in Wien, stickig, zum Brechen voll, ich auf dem Großmutterschoß. Die Mutter schwört hoch und heilig bei Apollon, Asklepios und allen berühmten Göttern, forthin nach bestem Gewissen zum Nutzen der Kranken zu handeln. Wenige Wochen später der Umzug, die andere Stadt.

Klagenfurt riecht nach Nebel und Alpenmilchschokolade. Zart schmilzt sie auf der Zunge, auf die wir uns dauernd beißen. Schon beim Knistern der Folie steigt das Wasser im Mund. Mutters Deutsch wird flüssig, nur mit ihrem Latein ist sie alsbald am Ende, da sie die Mangelerscheinung, an der sie zusehends leidet, in keinem der Lehrbücher findet. Ist es der Duft von Rauch und Papier, Anis und Druckerschwärze, den sie so schrecklich entbehrt? Oder das Knarzen von altem Parkett? Sind es die Tapferkeitsorden?

Womöglich galt Mutters Sehnsucht der gläsernen Wunderdose, in der alles konserviert war, woran sie wehmütig hing. Ihr Zauber bestand aus Kakao und geschichtetem Nugat aus Mandeln und Haselnüssen – und besonders aus dem, was sich an Emulgatoren, Träumen und Mädchenwünschen in den Nachgeschmack mengte. Zwar besaß sie in Kärnten eine ähnliche Dose, aber um die war kein Rätsel und in ihr nichts Übersinnliches, allenfalls Mozartkugeln und Ildefonso-Würfel, die man auch Kindern gab und witzlos *Betthupferl* nannte. Mochten sie noch so gut sein, der Mutter halfen sie nicht. Auf der beständigen Suche nach der verlorenen Zeit packte die Heimwehkranke binnen kurzem der Drang, wie ein Käfigtiger im kleinsten Kreis zu kreisen. Erfasste sie wieder ein Schub, mehrten sich ihre Kringel auf den Annoncenseiten unserer Tageszeitung. Sodann wurden Häuser besichtigt, Monatsmieten berechnet, neue Zeiten verkündet.

Die Abschiede wurden geläufig. Dass sich jede Bleibe als Obdach auf Zeit erwies, schien ja naturgesetzlich. Fortschritt bedeutete eben das Ablegen des Vertrauten, wie bei den Hummertieren, die sich, um wachsen zu können, aus ihren Panzern schälen, oder Einsiedlerkrebsen, die neue Behausungen suchen, sobald sie das Abgewohnte an der

Entfaltung hindert. So lautete auch der Plan: Eines gesegneten Tages zöge ich selbstständig weiter, und keiner außer mir würde die Richtung bestimmen.

Wenn ich es recht bedenke, bestimmte die Richtung mich. Das Fernweh erwies sich als Heimweh nach einem weiteren Schauplatz meiner frühesten Jahre, der Wunsch nach Wiederholung jener verspielten Berauschtheit von Aromen und Düften. Wien war Kartoffelpüree mit einem Schuss Kaffee, eine Melange aus Rost, rossharngetränktem Stroh, Waffeln und Seifenpulver, die Note von Fiakergulasch, Flieder und Pferdeäpfeln, ein klirrender Nebelhauch, Asphaltdampf und U-Bahn-Schwefel.

Mein Aufbruch, Hals über Kopf, war Fortgang und Rückkehr in einem. Ich glaubte die eigene Kleinheit mitsamt dem Kaff überwunden, während ich alles daransetzte, der Stadt meiner Kindertage erneut in den Schoß zu kriechen. Aber die Unnahbare presste die Schenkel zusammen, fremdelte, stieß mich ab. Nach Wochen dämmerte mir, dass sie mich nicht erkannte, jedenfalls nicht als ihr leibliches Kind. Grau war sie geworden, eine trübäugige Alte mit welken, milchleeren Brüsten. Manchmal meinte ich, den nahenden Tod zu wittern.

Im Oktober fiel Schnee, fielen Bomben auf Zagreb, fiel mir die Decke auf den Kopf im Mietskasernenquartier nahe dem Engelsplatz, wo es nach Donau und Einsamkeit roch und mich nichts und niemand an mein Wien gemahnte. Trotzig suchte ich Halt in Corned Beef und Askese. Der Rollradiator lief heiß, das Zimmer jedoch blieb frostig. Nacht für Nacht lud ich Mitschläfer ein, um mich an ihnen zu wärmen. Morgendliche Zerknirschung, mittags *Du, ich muss los*. Notlügenunwort *Anwesenheitspflicht*. Stattdessen tägliche Märsche durch trostlose Straßenzüge, immer schwerer der Beinklotz aus Scham und schlechtem Gewissen, längst nicht mehr dort zu sein, wo mich die Lieben dachten. Manchmal riefen sie an – *Was gibt es auf der Uni? Wie sind die Professoren? Hast du nette Kollegen?* Meistens ließ ich es läuten. Keiner hätte verstanden. Was galt denn ein Leben am Rand, fremd unter anderen Fremden als ewiger Asylant? Wer hätte sie verstanden, die schrulligen Südbahnhofrunden, um beim Tabakstand die Kärntner Zeitung zu kaufen und später dem Schlusssignal des *Balkanexpress* nachzublicken, umgeben von Leidensgenossen, die mit langen Gesichtern und randvollen Tschuschenkoffern auf irgendein Wunder harrten, unter Bildschirmaugen in metallenen Kapseln, inmitten von tickenden Uhren, die ihnen die Stunden diktierten, die sie totschlagen mussten.

Einmal bemerkte ich, wie ein Ankömmling dort Lakritzebonbons und Waffeln aus seinem Plastiksack klaubte, um sein quengelndes Kleinkind halbwegs bei Laune zu halten. Ob er mich zu sich winkte, weil er mich Unentschlossene als eine der Seinen erkannte? Ich ließ seine milde Gabe in meinem Mantel verschwinden und bedankte mich leise. Später durchzuckten Bilder aus dem anderen Land schwarzweiß die Nacht meines Zimmers. Der Fernseher lief ohne Ton. Erst als das Telefon wieder zu läuten begann, drehte ich ihn auf laut. Bestimmt war die Großmutter dran. Sicher würde sie fordern, ihr Bericht zu erstatten: *Wie geht es dir? Was gibt es Neues? Mit wem verbringst du die Zeit?* Im Hintergrund würde es donnern. Sprengkörper einer Armee, der sie einst angehörte.

Dass sie mir ja nicht kentert, meine rauchige Arche! *Warum rufst du mich an? Es gibt doch nichts zu berichten. Seit Wochen kann ich Feigling kaum etwas anderes tun, als dir Mut zuzusprechen – freilich nur in Gedanken. Denk an die*

Tapferkeitsorden! Gib acht auf die Bonbonniere! Nimm sie mit in den Keller und erlöse den Dschinn!

Es hörte nicht auf, zu läuten, während ich völlig reglos auf die Flüchtenden blickte und auf zerschossene Häuser. Wo war die Bajadera?

Griff in die Manteltasche. Hastig zerriss ich das Umschlagpapier mit den kakaobraunen Streifen und rollte die Panazee aus ihrer Goldumwickelung. Und wie sie jetzt fett und süß auf meinem Gaumen pickte und sich die Nachrichtenbilder und das grausige Klingeln in Kakaobutter lösten und mit dem Geschmack der Mandeln zu neuen Worten verbanden, stand ich mit einem Mal wieder inmitten der Bilder, zwischen der dicken Nackten, der hingekritzelten Taube, der lichtlosen Winterlandschaft und dem sterbenden Reiter und schmeckte den Tabakrauch, das Süßholz, den Hauch von Lavendel und Heimweh nach trockenen Feigen. Ungläubig sah ich mich um. Wo ich den Fernseher dachte, stand jetzt der Bösendorfer, aber sein Zähnefletschen war nun ein müdes Lächeln. Anstelle des Telefons sah ich die Bonbonniere, hob den Deckel ein wenig, fand jedoch nichts darunter als getrocknete Feigen. Wo war der Dschinn geblieben?

Sturmläuten, immer noch. *Großmutter, warum hast du so eine lange Leitung? Es würde dich nur verletzen, wüsstest du mein Geheimnis: Ich hab mich auf Deutsch bedankt, als mir der Ex-Jugo mitten in Wien mein Stück Zagreb verschaffte. Und dein Verbot missachtet, Süßes von Fremden zu nehmen. Warte, ich will's dir erklären, das hier sind unsere Leute ...* Aber sowie ich abhob, hatte sie aufgelegt, sich erneut in den Keller meiner Erinnerung verkrochen.

Auch die Bombenwerfer waren unsere Leute, *Naši*, wie sie sie nannte.

Jerusalem

Der Sessel in unserem Kreis sind immer einer zu wenig, sobald die Boombox verstummt, und keiner da, der sich befleißigt, die Sitzgelegenheit andern zu überlassen, auch wenn er selbst lieber bliebe als irgendwohin zu reisen.

Alle wollen nur spielen. Spielt dazu Eminem, *Ope, there goes Rabbit, he choked*, das blasse Bubengesicht unter der Gangsterkappe, Coolness der Trostlosigkeit. Dazu der Videoclip. Als ich ihn zum ersten Mal sah, fiel mir die Ähnlichkeit auf zwischen dem Buben und einem, der einst im Sesselkreis für mich aufstehen wollte und den ich dafür verlachte. Sein Vater, erzählte er, soll in der Kinderwunschklinik auf Bardot gewichst haben – und es mache ihn stolz, dass die Bardot es sei, der er sein Dasein verdanke. So dachte ich an die Bardot, wenn ich vor ihm auf dem Bauch lag und er nicht tiefer konnte. Das war die Dreimonatszeit der ausgeleierten Mixtapes. Wir brachen die Kunststofflippe der Audiokassettengehäuse, um den Sensor zu täuschen, die Bänder zu überspielen, und trugen nur schwarze Kleider und rauchten Mentholzigaretten. Und eigentlich war es gut. Bis der Sessel leer blieb, den er mir hingestellt hatte.

Und was ist mit Eminem? Der besteigt einen Bus zu rührigen Schlafliedklängen, setzt mit ernster Miene seine Kopfhörer auf, holt aus der Jacke den Zettel, zückt seinen Kugelschreiber, und der Sound wird rauer und seine Finger zucken. Und nach einem scharfen Cut sieht man den ernsten Buben vor dem Waschtischspiegel einer finsteren Toilette, sieht ihn im Takt der Musik Arme und Finger bewegen. *Look, if you had one shot …*

Einen Schnitt später steht er, das Mikrofon dicht vorm Mund, auf einer Kellerlochbühne, und in seinen hellen Augen verschwimmt die johlende Menge mit den bewegten Bildern einer trostlosen Kindheit.

Ich würde ihm ungeschaut meinen Platz überlassen. Aber er will nicht spielen.

Kindermund

> Verschon' uns Gott mit Strafen,
> Und laß uns ruhig schlafen
> *Matthias Claudius*

Vom Schweigen, sagte man mir, solle die Rede sein, als man mich neulich bat, über Verbrechen zu sprechen, begangen von Ärzten und Schwestern an hunderten Kärntner Kindern. Wie aber vom Schweigen reden, ohne es bloß zu umkreisen, die Senkgruben des Vergessens mit Sätzen herauszuputzen? Der Mensch hat die Sehnsucht nach Heil. Irgendwas in ihm sträubt sich, Verdrängtes zutage zu bringen. Und wenn er doch reden muss, sucht er Abstand zu nehmen, klar und sachlich zu bleiben. Wer aber nicht hineinwühlt, mitten ins schwärzeste Schweigen, dem steht es, glaub ich, nicht zu, vor die Opfer zu treten und das Wort zu ergreifen.

Nach allem, was ich gelesen und gehört habe über das Verschwiegene, ist es mir unmöglich, über das Schweigen zu reden, das *Totschweigen*, wie ich es nenne, ohne es so anzugreifen, dass es irgendwann bricht. Jeder Begriff wird klein im Licht des Unerhörten. Vergesst die gängigen Worte, vergesst das Wort *Kindesmissbrauch*, benennt alle Einzelheiten der grausamen Kinderfolter! Sagt *Vergewaltigung*, sagt *Hungern- und Frieren-Lassen*, sagt *Faustschläge* ins Gesicht, sprecht vom *Haareeißen* und vom *Ohrenziehen*, vom *Verdreschen* mit Stöcken, Gürteln und Kleiderhaken, redet vom *Verbrennen* mit glühenden Zigaretten, vom *Verbrühen* mit Wasser, vom *Aufessen-Müssen bis zum Erbrechen*, vom *Aufessen-Müssen des Erbrochenen*, vom stundenlangen *Strammstehen* und *Scheitelknien*, vom *Sich-nackt-ausziehen-Müssen*.

Nennt alles beim hässlichsten Namen, spielt nur ja nichts herunter mit den harmlosen Worten, die wieder alles verdecken! Und wenn ihr *Schändung* sagt, vergesst nicht, hinzuzufügen: Es ist die Schande der Schänder – und derer, die das Verbrechen, um sich selbst zu schonen, nicht und nicht wahrhaben wollten und, indem sie wegsahen, erst recht geschehen ließen.

Kann man ein Schweigen brechen, indem man darüber spricht? Nein, das glaube ich nicht. Es gilt, herauszuschälen, was sich dahinter verbirgt. Lassen Sie mich erzählen, wie einmal die Polizei anrückte, nachdem sich einige Kinder aus der Gegend beschwerten, weil der verehrte Nachbar seinen blanken Arsch aus einem Fenster reckte. Und wie sich die Kinder daraufhin beim Nachbarn entschuldigen und schließlich angeben mussten, die Sache erfunden zu haben.

Kindern, hieß es, heißt es, muss man nicht alles glauben. Sie bilden sich manches ein und wollen sich wichtigmachen. *Blühende Fantasien* gilt es zurechtzustutzen, *schlüpfrige Gedanken* schon im Keim zu ersticken, das wird sonst zur Angewohnheit, wächst sich zum Tick aus, zum Spleen, zu einer ernsthaften Störung. Man muss diesen Kindern zur Hand gehen, ihre Sexgedanken verlässlich im Griff zu behalten, die Berührungsängste, mit denen sie oft einhergehen, rechtzeitig abzulegen. Wo das Erzieher nicht leisten, muss sich die Gesellschaft auf *Heilpädagogik* verlassen.

Nicht einmal denken, hieß es, wenn wieder etwas aufkam, das nicht aufkommen durfte. Es ist doch immer das

Gleiche: Den Kleinen wird beigebracht, was Große für wichtig halten, Schreiben, Lesen und Rechnen, den Bocksprung, das Vaterunser – und, als elftes Gebot, dass man über manches nicht spricht.

Den Kindern, sagten die Leute, gehe es viel zu gut. Und wirklich, sie hatten zu essen, hatten es halbwegs warm und die schöne Aussicht auf einen Platz im Himmel – oder in der Anstalt, denn wer aufmüpfig war, einnässte oder schlecht lernte, kam zum berühmten Doktor. Der war ein hohes Tier, saß immer am längeren Ast. Ein Tier folgt seiner Natur. Der Doktor verstand sich darauf, dem Schützling das Maul zu stopfen, ihn endgültig zu verbannen hinter die Mauern des Schweigens. Er nahm sich der Kinder an, lockte sie unter den Fittich. Unterm Fittich aber lauerte beinhart der Schwanz.

Nirgendwo treibt Gewalt ähnlich üppige Blüten wie im Dunstkreis von verherrlichten Autoritäten und ihres feigen Gefolges. Wer in die Fänge geriet, die sie *Fürsorge* nannten, lief immerzu Gefahr, von jenen vernichtet zu werden, die Hilfe und Heilung versprachen – Ärzten, Schwestern, Pflegern, Seelsorgern, Kirchenleuten, die sich hundertfach an Schutzbefohlenen vergingen, ihre Geschlechter vermaßen, sie zum Koitus zwangen, mit Schlagstöcken penetrierten, sie hungern und frieren ließen, sie rissen, zwickten, droschen, verbrühten, verbrannten, verfluchten und zum Aufessen zwangen, manchmal bis zum Erbrechen … Und wenn wir uns heute fragen, wie das passieren konnte, dürfen wir nicht vergessen, dass es noch immer passiert, wo die Zeugen verstummen. Wo niemand aufzeigt, eingreift, wo alles schweigt, verharmlost, nimmt man teil am Verbrechen, erst recht, wenn es nur darum geht, die eigene Haut zu retten, in der Heidenangst, aus dem Zirkel zu fallen, seinen Job zu verlieren, in den Ruch zu geraten, ein *Verräter* zu sein.

Wer wollte sich allen Ernstes auf eine Pflicht ausreden, um die Schuld abzuschütteln? Wer wollte den Kindern künftig noch einmal den Mund verbieten und gegen die Mächtigen kuschen? *Wenn du nicht spurst, dann kommst du zum Wurst.* Keiner erklärte den Kindern, was so schlimm daran wäre, zu diesem Doktor zu kommen. Und keines der Kinder fragte im Wissen um die Gefahr, auf große Dinge zu stoßen.

Jedermann im Land kannte den Herrn Primar, die meisten vom Hörensagen und vom Stadtgemunkel, das, wer etwas auf sich hielt, mit nobler Zurückhaltung pflegte, rührig darauf bedacht, den eigenen Ruf zu wahren. Sobald einer deutlicher wurde, wurde gekichert, gewitzelt, um nicht verdächtigt zu werden, dem allseits Angesehenen die Ehre abzuschneiden. *Man zeigt nicht mit nacktem Finger auf angezogene Leut'* – selbst dann nicht, wenn man begreift, dass nur das Ansehen sie kleidet, die Eitelkeit des Gefolges. Lieber gibt man vor, ihr Kostüm zu bewundern, um nicht als dumm zu gelten. Und wenn einem Kind herausplatzt, der Gebieter sei nackt, setzen die Getreuen aus Furcht um Stellung und Wohlstand ihre Parade fort und nennen das Kind einen Lügner.

Unzählige haben sich zu ihrem vermeintlichen Vorteil gegen die Wahrheit entschieden, geblendet vom Glorienschein, den sie ihm selbst verpassten in der Neigung der Schwachen, dem Stärksten aus ihrer Mitte so lange Gelée royale anstelle gewöhnlichen Honigs um den Bart zu schmieren, ihn so lange mit Lorbeeren, Landesorden, Ringen und Ehrenzeichen aufzutakeln, bis er als Führer erstrahlt, an dessen Gunst sie sich wärmen. Und huschkusch, salutiert, die Hacken zusammengeschlagen: *Jawoll, Herr Primarius, allzeit zu Ihren Diensten!*

Es bleibt, darüber zu reden. Das Schweigen nämlich, sooft man es bricht, fügt sich schnell wieder zusammen.

Die meisten aus Wursts Hofstaat, hörte ich später sagen, haben ihn angebetet, etliche *Gott* genannt, während man sich empörte über den *Babyficker* beim Ingeborg-Bachmann-Lesen. Allemann, aufhören, aufhören – und her mit dem Preis des Landes! Immerhin hatte *Gott* keine fünf Jahre zuvor von ebendiesem Land den goldenen Orden bekommen als aufrechter Kinderschänder, dessen Verbrechen Behörden und treue Mitarbeiter allerdings zuverlässig im Verborgenen hielten.

Gott ist auch nur ein Mensch. Und Kindern ist nicht zu glauben, auch nicht, wenn sie Felix heißen!

Felix hat *Gott* leibhaftig gesehen, hat ihn alles geheißen und ins Erziehungsheim müssen. Man nennt *Gott* nicht ungestraft Schwein. Später hat Felix erzählt, *Gott* sei vor ihm gestanden, die Hose bis zu den Knien, sein großes *Dings* in der Hand. Auf die Frage der Fragen, warum er erst jetzt damit komme, hat Felix wieder geschwiegen. Wo Schrecken namenlos sind, bleibt die Wahrheit zu groß, selbst für den Kindermund. Also Schluss mit den Mucken! Es wird doch wohl noch erlaubt sein, sich alle Jubeljahre an einem Kind zu vergreifen.

Wurst selbst blieb unantastbar. Bis zum Auftragsmord an seiner treuen Gattin.

Kino

Als die Kinobesucher nach dem Happy End auf die Ulica Vladimira Nazora traten, war der Sternenhimmel für manche nicht mehr der gleiche.

Unter freiem Himmel, über dem Mehrzwecksaal vis-à-vis der großen Fischkutteranlegestelle im Dorf meiner Inselahnen, befindet sich ein Kino. Nichts erinnert hier an die Lichtspielhäuser mit den klingenden Namen – Bellaria, Filmcasino, Apollo, Gartenbaukino – und nichts an den plüschigen Klappsesselschick oder die Eleganz jener Wiener Säle, die nach Abenteuern aus Zelluloidzeiten riechen. Es gibt weder Vorhang noch Dimmer, nur eine alte Leinwand aus weißgestrichenen Platten und hundert Plastiksessel, wetterfest, stapelfähig.

Früher liefen hier an jedem Hauptsaisonabend zwei Streifen hintereinander, und wenn ein Blockbuster kam, reichten die Sesselreihen meist bis knapp vor die Leinwand, weil einige Dörfler wohlweislich eigene Stühle brachten. Hatte einer von ihnen einmal kein Geld dabei, drückte Šjor Mario, Kinobetreiber, Kartenabreißer und Popcornverkäufer in einem, meistens ein Auge zu. Viel entging ihm nicht. Der Einheitspreis war bezahlbar, selbst für Muschelverkäufer. Allerdings gab es die Filme ausnahmslos im O-Ton mit serbischen Untertiteln, was wahrscheinlich erklärte, warum die Dorfbewohner an jenem magischen Ort selbst in den Blütezeiten touristischer Fremdherrschaft weitgehend unter sich blieben, sich also unbehelligt nach *Holivud* träumen konnten, nach *Njujork* oder sogar in jenen wilden Westen, wohin es einst so viele der ihren verschlagen hatte auf der Suche nach dem besseren Ort zum Leben. Fast jede Familie hatte ihren *Amerikaner*, den Leute meines Alters nur vom Hörensagen kannten – das Kino war der Treffpunkt, an dem man teilhaben konnte an seinem Fortschrittsleben, dicht an dicht, dem Treiben der ungeliebten Touristen, die man doch dringend brauchte, für neunzig Minuten entrückt, manchmal sogar in den Weltraum, den man hier *Svemir* nannte: Greisinnen, kettenrauchend und alles laut kommentierend, Kleinkinder, die auf den Schößen von Müttern und Vätern schliefen oder sich verängstigt von Schüssen und Detonationen greinend in den Armen ihrer Beschützer wanden, die Händchen dicht vor den Augen …

Zum Ende des ersten Drittels warf Šjor Mario immer die Popcornmaschine an, da die große Spule nach der ersten Halbzeit ausgetauscht werden musste und der Filmprojektor meist sowieso so heiß lief, dass der Filmstreifen qualmte. Weil aber jede Pause das Publikum unvermittelt aus seiner Traumwelt riss, wurde die Unterbrechung von Pfiffen und Buhen begleitet – und Šjor Mario, sobald der Film weiterlief, mit tosendem Beifall bedacht, auch von den Beneidenswerten, deren Häuser dicht an die Terrasse grenzten, sodass sie von ihren Balkonen und höhergelegenen Fenstern direkt auf die Leinwand blickten.

Man fieberte rückhaltlos mit zwischen nervösem Schweigen und frenetischem Jubel, wenn sich wieder zwei küssten oder dem Leinwandhelden irgendein Meisterstreich glückte. Geriet der Böse in Vorteil, wurde er ausgepfiffen. Und als der Held meiner Kindheit die Sümpfe der Traurigkeit querend von seinem treuen Pferd stieg, um ihm das

Weiterkommen im Morast zu erleichtern, aber das brave Tier dennoch nicht weiter konnte, sosehr er am Zaumzeug zog und, während er schrie und heulte, lautlos im Schlamm versank, woraufhin der arme Held starr auf die Stelle blickte, wo der Schlick Blasen warf, vernahm man ein grausiges Schluchzen. Und während man einander Papiertaschentücher reichte und die Trauergemeinschaft näher zusammenrückte, war es so mucksmäuschenstill, dass man das Meer branden hörte und das Klack-klack der Sandalen quietschfideler Touristen und dazwischen das Surren des überhitzten Projektors.

Schöne Tage

Unvergessen der Tag, an dem unser Land zerschellte. Die Mutter und ich stierten stumm auf den Hotelfernseher. Eine Bleibe in Wien besaßen wir damals nicht. Wenige Stunden zuvor waren wir angereist. Ich wollte mich anderntags auf der Uni einschreiben und die verbleibende Zeit zur Quartiersuche nutzen. Gleich nach unserer Ankunft waren wir ohne Ziel durch den Bezirk geschlendert, in dem wir Jahre zuvor so gut wie zuhause waren. Es war ein Tag im September. Und was auf die Nachrichten folgte, da uns die Bomben auf Zagreb im Wiener Hotelzimmer trafen, ist bloß ein winziger Ausschnitt aus einer langen Geschichte, die sich durch Worte entblößt oder modisch bemäntelt. Zwischenstation in Zagreb wenige Wochen später: Unsere nächtliche Ankunft im nebelverhangenen Schwarz unbeleuchteter Straßen, die verriegelten Läden und verrammelten Fenster, Sandsäcke dicht an dicht vor Luken und Kellerschächten, mein Ducken beim Ausstieg aus dem heimelig riechenden Auto und das Gebell der Hunde aus den benachbarten Gärten in der Kozarčeva-Straße. Das Zögern vorm Drücken der Klingel. Drinnen schlurfende Schritte. Die Helden des einstigen Kriegs, zu erschöpft, um den Kindern und halberwachsenen Enkeln, jetzt, da die neue Gefahr durch die Türritzen kroch, endlich den Mut zu beweisen, für den sie sie Zeit ihres Lebens am meisten bewundert hatten.

Der neue Krieg war mir peinlich. Er ließ meine müden Helden ohnmächtiger erscheinen, als sie ohnehin waren. Doch nie zuvor sah ich die Mutter derart hemmungslos blödeln, selten den Vater so laut über ihr Blödeln lachen. Selbst die Krieger waren heiter. Es wurde geschäkert, getrunken. Nur als die Cousins mich fragten, ob ich mit ihnen komme, eine kleine Runde um die Häuser zu ziehen, wurde mir wieder schwindlig.

Okay, presste ich hervor, um nicht als Feigling zu gelten, als friedensverwöhntes, verzärteltes Kind, das sich vor einer Gefahr, die es nicht betraf, im Großelternhaus verschanzte. Insgeheim hoffte ich auf den Einspruch der Eltern. Die aber nickten und grinsten und hielten sich nicht einmal an ihre alte Gewohnheit, die Nachtvögel auszufragen, wo und mit wem sie ihre Tour zu verbringen gedachten, um sich auszurechnen, wann sie zurück sein mussten.

Als wir wenig später durch den Zelengaj schlichen, kichernd und draufgängerisch, uns den Mut zu beweisen, der uns verlassen hatte, schlackerten meine Knie.

Da sind wir, flüsterte einer und deutete auf ein Haus mit unbeleuchteten Fenstern. Blicke nach allen Seiten, die Schritte, immer noch staksend, aber jetzt zielgerade wummernden Bässen entgegen, das Tasten nach Halt, die Wand, Griff in pelzige Feuchte, das Abstützen, Trippeln treppab. Die steile Kellerstiege schien kein Ende zu nehmen. Als aber die Türe aufflog und mich Vanilla Ice, *Turn off the lights and I'll glow*, dröhnend willkommen hieß und mich halbwüchsige Fremde, ohne auch nur einmal nach meinem Namen zu fragen, auf die Tanzfläche zogen und wir bis zum Morgen pogten, wirbelten, wogten, fühlte ich eine Vertrautheit, wie ich sie bisher nicht kannte.

Nie wieder sah ich welche so heiter und ausgelassen Jugend und Freundschaft feiern.

Ob es nach unserer Rückkehr, lange nach Sonnenaufgang, wohl ein paar Tachteln setzte?

Zurück im Friedensreich Wien fand ich mich kugelsicher, aber kaum noch zurecht, verschanzte mich in der Bude, die ich gefunden hatte, stürzte mich in Geschichten. Untertags gelang es, allerhand zu verdrängen. Nachts kehrten die Bilder zurück: Helden, die schwach und zittrig in ihren Keller schlurften, sobald die Sirenen heulten.

Die verratene Sprache begann mir nachzustellen, passte mich ab in Tramways, auf Baustellen und Fetzenmärkten und auf offener Straße – doch nicht, um sich an mir zu rächen, sondern um mich zu trösten. Ihre ortsfremden Gesandten lockten mich ins Garn, ohne dass sie mich meinten. Manchmal die Fantasie, mich zu erkennen zu geben. Aber ich hielt mich zurück, schlich nur taschendiebisch um die Fremden herum, einen Satz zu erhaschen und mich daran zu berauschen. Letztlich kriegten sie mich: Nach vier oder fünf Semestern ließ ich die Medizin für die Slawistik sausen. Doch schon bei der nächsten Rückkehr waren die Jungen befremdet, *Wie bitte, Serbokroatisch*? Und wenn ich den Mund aufmachte, spitzten sie jetzt die Ohren, und nicht wegen meiner vom Deutschen ausgekugelten Zunge oder dem kehligen R, das mich im Geburtsland als Fremdling verdächtig machte, sondern der Worte wegen, die man, so sagten sie, nicht mehr aussprechen durfte. Selbst manche der schönsten Flüche waren plötzlich verpönt. Die eigenen Sätze aber gingen wie auf Eiern, frömmelnd und ausgemergelt, dafür aber blitzsauber.

Am Wiener Institut blieb zum Glück alles beim Alten – wenigstens bis der Vorstand vor die Studenten trat, um bekanntzugeben, dass man ihre Sprache demnächst zerstückeln werde. Binnen gesetzter Frist sei die Entscheidung zu treffen zwischen Serbisch und Kroatisch. Da schmiss ich das Studium wieder. Schluss mit den Sprachvorschriften!

Und wenn heute einer verlangt, dieses oder jenes entweder neu zu benennen oder gar nicht zu sagen, schieb ich ihn freundlich beiseite. Wo Sprache zum Minenfeld wird, herrscht Begriffsstutzigkeit, gerät auch das Denken ins Stammeln, geht es um ein Wir, das wieder andere ausschließt, das Pochen auf Unterschiede statt auf Gemeinsamkeiten. Wo Herkunft oder Mundart wieder darüber bestimmen, ob einer mitreden darf, landen wir tief im Gestern. Und irgendwann, sage ich, werden wir wieder tanzen.

Schweigen in Vergangenheitsform

> Alles wird wieder gut. Man hat den Dörfern im Land die Namen wiedergegeben. Und der amtierende Hauptmann beginnt seine Festtagsreden mit ein paar freundlichen Sätzen in einer zweiten Sprache. Die Hunde stellen sich schlafend, die Schmierfinken, Tafelausreißer, Hausherren und Untervermieter.

Vor dem Eingang der barocken Kalvarienbergkirche mit den zwiebelbehelmten gedrungenen Zwillingstürmen kommt man zu einem Tor. Dahinter geht es bergab auf den steinernen, winters vereisten Stufen, die in den Kreuzweg münden. Unterhalb des Kreuzwegs und des sich nebenan bergan und -ab schlängelnden Saumpfads, der sich auf Höhe der Kirche in zwei Asphaltspuren gabelt, von denen sich eine jede am Waldrand wieder verzweigt in immer engere Wege, die sich zwischen Bäumen immer weiter verästeln, bildet die kerzengerade Feldmarschall-Radetzkystraße als Schneise im Häusermeer die Achse zur Stadtpfarrkirche. Von einem ihrer Türmer geht seit langem die Sage, er habe zuverlässig Feueralarm gegeben, mit seinem Glockengeläut den einen und anderen Schwärmer um Mitternacht zur Heimkehr gemahnt und von Zeit zu Zeit aus nicht überlieferten Gründen in ein Blechhorn geblasen, einmal gegen Nord, einmal gegen Ost, einmal gegen West, aber nie gegen Süden. Dort, hinter den Mauern der Stadt, wohnten nämlich die Toten, und die muss man ruhen lassen, meinte auch unser Türmer. Der Süden – seit eh und je Sehnsuchtsort, Lustgefilde, Unterwelt, *Unterland*.

Weiß ich wieder nicht weiter, setze ich mich auf die oberste Kreuzwegstufe, im Rücken das hüfthohe Tor – ein vierflügeliges Geländer aus schmiedeeisernen Fliegerkreuzornamenten, dessen Mittelteile dem Pilger als Schwingtor dienen. Zuoberst trägt es den Schriftzug: LANDESGEDÄCHTNISSTÄTTE. Nämlich in dieser Stadt ist der Kreuzweg zugleich ein Ehrenmal für die Profanen, die das Fliegerkreuz trugen, Via Dolorosa der ewigen Kriegsverlierer, allerdings nur der Opfer auf der eigenen Seite. Zehn Jahre nach dem Krieg wurde der Passionsweg zum Andachtsort für Soldaten, Jagdflieger, Bombenwerfer und hilfreiche Pflegeschwestern. Drückt man die Schwingtüren auf, liest man links und rechts die Bruchstücke LANDES und STÄTTE, während man beim GEDÄCHTNIS noch einmal Wortbruch begeht, indem man das Wort im Hindurchgehen halbiert. Entzweiung im doppelten Sinn, denn der Hang zum Gedenken gilt bloß einem Teil der Wahrheit. Der Gedenkort wird so zum Ort des Vergessens: Die im Namen des Deutschtums aus der Heimat Vertriebenen, Entrechteten, Eingesperrten und zu Tode Gequälten bleiben verdrängt, gemieden.

Wollte sich einer empören, würde er rasch ermahnt, Vergangenes ruhen zu lassen, um eines Friedens willen, der nur der Frieden der Herrschenden ist, die andere zum Schweigen bringen, aber ihr ewiges Gestern bei jeder Gelegenheit bierselig aufleben lassen mit Pomp und Trara und Männergesang und Fahnen und Lorbeerkränzen und, leider Gottes, dem Sanctus der römisch-katholischen Kirche.

Ich glaube an den Süden als einzige Himmelsrichtung. Mögen die andern behaupten, ihrer seien vier, oder, den Kopf im Nacken, vermeintlich himmelwärts blicken, bleibt doch, was sie sehen, Windrichtung, Wetterkulisse.

Nein, Vergangenheit ruht nicht. Frieden? Dass ich nicht lache! Dass ihr mir nur nicht lacht! Das Pfeifen, Grölen, Marschieren gehört zu den Riten der Wut, an der wir alle verrecken. Ihr seid die Wortbrüchigen, nicht die aus unserer Mitte mit der gebrochenen Sprache.

Selfie im Bambiland

> Was, wenn wir eines Tages einfach ausbrechen würden aus den Spiegelbildern, auf denen wir uns gefallen?

Die erste Tachtel in Titos Namen bezog ich mit fünf Jahren an einem Spätnachmittag im Dorf meiner Inselahnen. Es muss ein Donnerstag gewesen sein, denn ich bilde mir ein, immer den Donnerstagen entgegengefiebert zu haben in den Kindheitssommern bei den Eltern der Mutter, da an Donnerstagen im örtlichen Kinosaal immer ein *Crtić* lief, also ein Trickfilm für Kinder – ein Lichtblick in endlosen Wochen, da ein Tag dem anderen glich und einem der freie Himmel samt seinem Feuerball auf den Kopf zu fallen drohte.

Die Mutter der Mutter und ich saßen prinzipiell fußfrei, ihrer wehen Beine und Augenschwäche wegen. Ich wäre liebend gerne weiter hinten gesessen, inmitten der anderen Kinder ins Fabelland entschwunden, unsichtbar unter Unsichtbaren, die man nur ab und zu hörte, wenn sie tuschelten, lachten, schluchzten oder versonnen in knisternde Beutel griffen oder geräuschvoll den Rest aus einem Trinkbecher saugten. Stattdessen musste ich mir dauernd einreden lassen, Tom sei eine Niete, man müsse zu Jerry halten.

Die Filme spielten auf Englisch mit serbischen Untertiteln, die sie fortwährend vorlas, viel zu laut, wie mir schien, jedenfalls graute mir immer vor dem Moment, da im Saal wieder das Licht anginge und mich die Blicke träfen von Altersgenossen und Jüngeren, die keine Souffleusen hatten, und also, folgerte ich, entweder flüssig lesen oder gut Englisch konnten. So war es auch zu erklären, dass sie ohne Aufsicht ins Bambiland einziehen durften, während ich die fuß- und augenkränkelnde Alte, die mir asthmatisch röchelnd unentwegt Textzeilen diktierte, im Schlepptau mitnehmen musste.

Liebe ist mehr als ein Wort, Liebe kennt keine Grenzen, rauschte sie mich an während des Chorgesangs. Mächtige Bäume zogen durchs Bild, bunte Blumen, Sträucher, ein glitzernder Wasserfall. Alle Tiere versammelten sich, um das Kitz zu begrüßen.

Wenn sie sich, matt und heiser vor lauter Rezitieren, geräuschvoll zu räuspern begann, fiel ich aus allen Bildern zurück in den Kinosessel, gelähmt von schlechtem Gewissen, weil ich so ungerecht dachte gegen die arme Alte, die sich aus purer Liebe für mich verausgabt hatte – *Life's all about perspective* –, um schon im nächsten Moment die Ohren auf Durchzug zu stellen und alles selbst zu erraten oder neu zu erfinden und über Berge und Grate und weit übers Meer zu fliegen und mitten hinein ins Geschehen. *Don't look back, Bambi, keep running!*

Was habe ich geweint, als Bambis Ruf nach der Mutter unerwidert verhallte! Was mich aber am Heimweg noch viel mehr grübeln machte: Bambi ist mädchenhaft, aber zunehmend männlich, ein Rehkitz, das gegen Ende zum stattlichen Hirsch mutiert, traditionsverhaftet wie der eigene Vater. Als König der Tiere wird er stolz und bedeutungsschwer auf einer Anhöhe stehen, während sich seine Geliebte um die Nachkommen kümmert. Der Hirsch ist auch nur ein Mensch. O, heilige Welt der Väter!

An jenem Donnerstag, von dem ich berichten wollte, weil es die erste Tachtel in Titos Namen setzte, stand ich mit der Souffleuse vor geschlossenen Türen. Und noch während ihr Blick vom *Heute-geschlossen*-Schild auf dem Kinoportal zur boragebeutelten Fahne mit ihrem Fixstern schwenkte, meinte sie andachtsvoll: *Ah, es ist Feiertag. Wie konnte ich das vergessen!*

Ich sah, ihr Blick wurde feucht, und stampfte auf den Asphalt und zischte den Fahnenfluch wegen der Sendepause. Noch Stunden später zierte der schöne blutrote Fünfzack der linkshändigen Patriotin meine schmerzende Backe.

If you can't say something nice, don't say nothing at all, habe ich mir gedacht – ihr aber nicht gesagt, dass ich längst Englisch konnte.

Die letzte Titotachtel bekam ich, als ich fragte, warum der Genosse einen deutschen Schäferhund habe und keinen Šarplaninac.

Gummi, Gummi

> Peter Alexander,
> Beine auseinander,
> Beine wieder zu,
> und raus bist du.

In den großen Ferien fuhren die Schulkameraden mit ihren Eltern ans Meer, auf Urlaub, wie sie es nannten, und freuten sich immer sehr auf ihre Abenteuer in Poreč oder Caorle. Man stopfte das Auto voll und brach um Mitternacht auf, um der Mittagshitze und den Staus zu entkommen und den Anreisetag möglichst gut auszunutzen, auch wenn man gerädert ankam.

Die meisten Schulkameraden besaßen schon Kameras. Mit einer Rolle Film konnte man zwei, drei Dutzend farbige Bilder schießen. Zu Schulbeginn im Herbst, wenn Fotos von rotbraunen Kindern auf knallbunten Karussellen, Tretbooten, Wasserrutschen wie immer die Runde machten, auch solche von Spielautomaten und Oben-ohne-Müttern und Vätern in Lacoste-Shirts, glänzend von der Schmierage mit echtem Tiroler Nussöl, und alle sich übertrumpften und durcheinandererzählten vom Ereignisreichen, wurde es irgendwann still und man fragte mich nach Abenteuern und Bildern.

Sie wussten, dass ich die Ferien zur Gänze am Meer verbrachte. Was sie dagegen nicht wussten: Das war keine Sensation, sondern ein Heimaturlaub mit zwei Kriegsinvaliden, ganz ohne Essengehen und anderen Lustbarkeiten, mit denen sich Alpenländler die Tage am Meer vertrieben.

Ich hätte ihnen höchstens davon erzählen können, wie der Großvater täglich reglos für mehrere Stunden in seinem Korbsessel saß und dabei Radio hörte, die geschwollenen Füße die meiste Zeit auf dem Esstisch, und wie sich die Großmutter mit ihren kranken Beinen tagein, tagaus für uns plagte, jätete, fegte, kochte, und sich von Zeit zu Zeit auf dem Steinboden wälzte, als gebäre sie ihren eigenen Teufel.

Ich hätte erzählen können vom kalten Gartenschlauchwasser, mit dem sie mich alle paar Tage von Schweiß, Schmutz und Salz befreite, ganz ohne *Lux* oder *Duschdas*, oder von den kühlen und ergiebigen Schatten der Pinien und Zypressen oder den Finsterblumen, die ihre Blütenkelche erst in der Dämmerung öffnen, den Ritten auf Šimes Maultier, dem warmen Duft des Weißbrots, das ich erst essen durfte, sobald das alte vertilgt war, oder wie man mich immer Milch holen schickte und die Plastikbeutel, in denen sie abgefüllt war, vorwiegend tiefgefroren, auf dem Nachhauseweg leckten, dass sich die wilden Katzen zur gewohnten Zeit auf meinem Weg einfanden, um die Tropfen begierig vom staubigen Boden zu lecken, der Milchstraße, wie ich ihn nannte. Oder wie Abend für Abend verlässlich der Strom ausfiel und wir im Dunkel tappten, während sich meine Freunde in Poreč oder Caorle ins bunte Nachtleben stürzten. Ah, heilige Eintönigkeit, die man fotografisch gar nicht einfangen konnte!

Ich hätte berichten können von den Wundstarrkrampfpfaden, nur mit Schuhen begehbar, die wir gar nicht besaßen, von Skorpionen, Schlangen, dem Zittern der Anisdolden im Nachmittagsmaestral, oder vom seltenen Regen, nach dem immer alles dampfte, und die Spatzen und Amseln in Schwärmen zusammenfanden, um winzig kleine Geschöpfe von der Erde zu picken, die vom Tröpfeln geweckt aus ihren Verstecken krochen. Oder vom nächtlichen Schreien koitierender Katzen, von Kindern auf Grabsteinbildern, vom rhythmischen Streichen des geliebten Großmutterbesens und dem Geraschel der Blätter begleitet von Möwengelächter.

Aber was galt das alles gegen die Urlaubsfreuden, mit denen Schulkameraden für Aufsehen und Eifersucht sorgten? Ich hätte erzählen können, dass man ihresgleichen, wo sich mein Meer befand, eine Landplage nannte, aber halbwegs schöntat, weil man ihr Geld ja brauchte, und dass ich ihresgleichen dennoch bewundert habe auf der Gartenmauer, meinem Beobachtungsposten in den Nachmittagsstunden, da die Invaliden ihre Siesta hielten.

Ich hätte erzählen können, sie angehimmelt zu haben, die mit den Strandsandalen über den Tennissocken und erst recht ihre Kinder – für ihre Luftmatratzen, Schwimmtiere, Polstermatten oder die knallroten Häute, die in der Sonne glänzten und nach Kokosnuss rochen –, hätte berichten können, dass man uns Kinder höchstens alle heiligen Zeiten mit Olivenöl einrieb, oder dass ich getan hab, als bemerke ich's nicht, als ein älterer Mann in einigen Metern Entfernung scheinbar grundlos anhielt und den Apparat zückte, um das Mauerkind, das mit der Naivität echter Eingeborener nussbraun und halbnackt dasaß und über die Fremden staunte, später Freunden zu zeigen in Karlsruhe, Bielefeld, Paderborn oder sonst wo.

Ich hätte erzählen können, was uns Kindern einfiel, weil wir kein Spielzeug besaßen, wie wir uns Flöße bauten aus Plastikkanistern und Brettern oder Schwimmhilfen aus Treibholz, und wie wir den Taschenkrebsen bei lebendigem Leib die schönen Scheren ausrissen. Ich hätte erzählen können von der Sehnsucht nach Kärnten und von der heimlichen Freude auf den Zweiwochenbesuch meiner geliebten Eltern, hätte sagen können: Glaubt mir, ich habe gesehen, wie sich solche wie ihr beim abendlichen Flanieren um die Pappschachtelstände der Seesternverkäufer drängten.

Natürlich erzählte ich nichts, sagte höchstens kleinlaut: *Ich war überhaupt nicht auf Urlaub* – und wenn man mich weiterbefragte, erfand ich grandiose Geschichten von sinkenden Überseeschiffen. Und endlich machten meine Schulkameraden Augen.

Doch mehr als um ihren Urlaub hab ich sie darum beneidet, von einem Kirchenmann hinter verschlossener Tür von Sünden entbunden zu werden, wogegen ich, die Heidin, für den Rest meines Lebens die Schuld abzubüßen hätte, die sich schön langsam häufte. Wie gerne hätte ich dem Herrn Kaplan berichtet, mein Essensgeld mehrmals heimlich im kleinen Zoofachgeschäft für Zebrabarben und Guppys ausgegeben zu haben, die ich Tierquälerin in einem Gurkenglas hielt, bis sie bauchoben schwammen, oder von Bravo-Heften, die ich von Zeit zu Zeit aus dem Papiercontainer meiner Nachbarin fischte, um mehr über Samenergüsse, Petting und Zungenküsse in Erfahrung zu bringen. Wie habe ich gehofft, der Kirchenmann würde auch mich eines gesegneten Tages in seine Kammer rufen, während ich seine Stunde mutterseelenallein auf dem Flur absitzen musste.

Noch schwerer fiel Anderssein zwischen den Unterrichtsstunden, denn die mit der schönen Aussicht auf einen Platz im Himmel waren auch beim Spielen gesegnet, wussten um Himmel und Hölle, die Angst vor dem schwarzen Mann, die Kniffe bei Mordball und Judo. Sie stahlen dem Lehrer Kreide, auch das würde Gott vergeben für ein oder zwei Vaterunser, zeichneten Pisten mit Nummern auf den

Schulhofasphalt. Irgendein Himmelanwärter warf den ersten Stein in die fertige Piste, hüpfte auf einem Bein von einem Feld zum nächsten, übersprang das mit dem Stein, landete breitbeinig auf dem waagrechten Balken.

Nicht jeder kam in den Himmel. Denn wehe, wenn einer zum Beispiel auf eine der Linien trat, einen Sprung vergaß oder den Stein beim Rücklauf! Ein solcher durfte nicht mittun beim nächsten Pausenspiel, oder er musste das Recht, wieder mitspielen zu dürfen, mit Bubblegum von Bazooka oder Schokoriegeln der Marke Bensdorp erkaufen. Wer das Kleingeld nicht hatte, konnte im Supermarkt irgendwas mitgehen lassen oder sich als einer der beiden Steher verdingen, die sich den Hosengummi um die Beine spannten – knöchelhoch, knie- oder hüfthoch – während die anderen einzeln zu abgesprochenen Reimen über die Bänder hüpften. Der Vers gab die Sprünge vor: *Hau-ruck-Donald-Duck / Mickey-Mouse-rein-raus*. Einmal musste man beidbeinig ins Rechteck springen, danach allerdings im Spreizschritt möglichst weit außerhalb landen. Erwies sich ein Unbeliebter dabei als zu geschickt, wurde er von den Führern alsbald zu Fall gebracht, am liebsten durch Extravorschriften oder spöttische Reime. *Little-Joe-sitzt-am-Klo / steckt den Finger-in-den-Po*. Gelang ihm das Kunststück dennoch, wurde das Gummiband so lange höher gespannt, bis der Anwärter stürzte, während die anderen gafften und aus ihren Mündern Kaugummiblasen wuchsen, bis sie endlich zerplatzten und ihre Gesichter verklebten.

Was hat die Haushaltsschere in deiner Jacke verloren?, fragte einmal die Mutter und nahm meine Antwort hin: *Die brauch ich für Handarbeiten*.

Ich hatte mir geschworen, es den Getauften zu zeigen. Wir würden Verstecken spielen wie in den frühen Tagen, und sie gingen verloren und ich würde endlich gefunden. Ob Gott es mir nachsehen würde? Ich würde es dem Kaplan bei Gelegenheit beichten.

Doch als ich mir nächstens ein Herz nahm und zur Tür hineinlugte, hinter der die anderen der Reihe nach Ablass fanden, durchschaute ich den Trick: Man musste bloß die kleinen bisher begangenen Sünden durch eine größere sühnen – schon wären sie vergessen.

Wie im wirklichen Leben

Du findest ein Urlaubsfoto, auf dem eine Frau und ein Kind auf einem Badetuch sitzen. In deinem Kopf läuft ein Film: Das Kind läuft dem Wasser nach, sobald es sich gurgelnd zurückzieht, läuft der Brandung davon, sobald eine Welle anrollt, wieder und immer wieder. Und immer und immer wieder ruft es dabei nach der Frau, die in der Zeitung blättert, fordert sie auf zuzusehen. Beim dritten Mal bleibt die Frau in die Lektüre vertieft. Da fasst sich das Kind ein Herz, läuft dem Wasser entgegen. Die Welle wirft es zu Boden, schlägt ihm schaumig wütend über dem Kopf zusammen. Es schluckt und hustet, richtet sich auf. *Hast du das jetzt gesehen?* Die Frau nickt und lächelt versonnen, die Augen immer noch auf die Zeitung gerichtet. Das Kind gibt das Spiel endlich auf und setzt sich zu ihr aufs Handtuch. Und aus dem Off ruft der Vater: *Warum schaust du so mürrisch? Ich will bloß ein Foto machen.*

Meermanns Garn

> Come sail your ships around me
> And burn your bridges down
> *Nick Cave*

Seit sich Andreas Unterweger vor einigen Jahren Alfred Kolleritsch am Steuer des, wie ich es in einem Brief an ihn nannte, *manuskripte-Flaggschiffs* beigesellt und ich besagten Brief mit dem Gruß *mirno more* geschlossen hatte, bedenken wir einander gerne mit Schifffahrtsmetaphern. Auch ohne Tau von der Steuermannskunst kommen wir ab und zu ins Fachsimpeln, Sprachsimpeln, Grübeln. Ich für meinen Teil sehe mich im Deutschen in maritimen Fragen nämlich unentwegt stolpern – über Wortgrobheiten, die mir das Meer verleiden. Was zum Beispiel hat *in See stechen* zu bedeuten? Bei genauerem Hinhören etwas Handgreifliches, aber nichts von Aufbruch, Fernweh und Abenteuer, kein *E la Nave Va* und kein *Ein Schiff wird kommen*. Und überhaupt die Gewohnheit, das Meer zum Wort *See* zu schrumpfen oder zum *großen Teich*, wo doch *Ozean* und *Meer* zum Klang- und Seelenvollsten zählen, das die deutsche Sprache hervorzubringen wusste, ganz zu schweigen von Seefahrern, Seemannsgarnspinnern, Seenotgeplagten und -kranken, Seepferdchen, Seesternen, -igeln oder Seeungeheuern.

Anspielend auf das Meer gilt mir kein einziges Wort, das mit *See* beginnt, außer Seelenverkäufer.

Freilich, es wäre peinlich, erführe mein Freund Andreas, den ich *Kapetan* nenne, von meiner Wortneurose, weshalb ich mich darauf beschränke, ihm manche schöne Betrachtung aus meiner anderen Sprache ein- oder auszudeuten. *Ploviti* ist so ein Wort. Es steht für das Schiff in Bewegung, ein ruhiges Getragensein, Dahingleiten, Wiegen, Segeln – mehr jedenfalls als *Fahren* oder einfach nur *Schwimmen*: Leichtigkeit, Glück, Obenauf, Urvertrauen in das Schicksal.

Man darf sich nicht täuschen lassen. Auch in der anderen Sprache gibt es Seelenverkäufer und sogar sinkende Schiffe. Zu meinen liebsten Geschichten gehörte die Erzählung von einem Kapitän, der bis zum bitteren Ende an Bord seines Schiffes blieb, die Fingerspitzen der Rechten dabei an seiner Schläfe, den Blick ins Weite gerichtet, wie die Großmutter sagte, die mich immer ermahnte, das Meer niemals *Wasser* zu nennen.

In meiner Spliter Familie wird seit langem gemunkelt, ein Onkel oder Cousin der Mutter der Mutter der Tante habe zwecks Emigration die Titanic bestiegen. Möglich, dass der Verschollene seither im Meermannspalast tief auf dem Meeresgrund ein ewiges Dortsein fristet. Und weil so ein Meermann mehr kann als der wortwörtliche Seemann, nämlich auch Wunder wirken, wenn man ihm dann und wann einen Verwandten opfert, rede ich mir ein, in seiner Gunst zu stehen, seit ihm der Spliter Onkel gute Gesellschaft leistet. Selbst auf den klapprigen Fähren meiner Kindheit und Jugend – *Tin Ujević*, *Vladimir Nazor*, *Slavija*, *Porozina* und auf der *Partizanka*, die man 1992 wohlweislich umbenannte, meinte ich mich sicher.

Als mich der Kapetan vor ein paar Wochen fragte, ob ich mir vorstellen könne, wieder einmal einen Text für ihn *zu Wasser zu lassen*, es müsse *nicht gleich der Nil* sein, es reiche ein *Rekabach oder Russenkanälchen*, war ich Feuer und

Flamme. Ich habe im Lauf meines Lebens ja etliche Texte verbrannt, aber noch nie versucht, einen von ihnen zu wassern. Die Vorstellung reizte mich: Ich würde das Blatt zum Schluss zu einem Papierdampfer falten. Bewährte sich dieser nicht, würde der Text eben kentern.

Also begann ich zu schreiben, was meinem lieben Verwandten damals auf der Titanic widerfahren sein mochte. Gewiss gehörte er nicht zu den *besseren Leuten*, die im Prunksalon speisten und sich im Türkischen Bad und in der Squashanlage die Langeweile vertrieben, mehr zu den armen Schluckern, die tief im Schiffsbauch logierten und erst gar nicht versuchten, sich auf dem Oberdeck ein Upper-Class-Girl anzulachen.

Ob es der arme Verwandte in jener Unglücksnacht doch noch aufs Oberdeck schaffte? Ob er dort etwa filmreif, was sag ich, oscarverdächtig, zum letzten Ragtime tanzte, nachdem er einsehen musste, dass für einen wie ihn kein Platz im Rettungsboot wäre? Man kennt ja die Anekdoten: Verhalten auf sinkenden Schiffen.

Bald quälten mich erste Zweifel. Wäre es nicht vermessen, einem, demzufolge schon ein Rinnsal genügte, mit dem Atlantik zu kommen? Und wäre die Geschichte des armen Ertrunkenen unbedeutender als das Schicksal des daraus gebastelten Schiffchens? Es stellte sich nämlich die Frage, ob es schwimmtauglich wäre oder in den Fluten eines reißenden Bachs alsbald zum Kentern verurteilt. Würde es irgendwo landen, von Auserkorenen gefunden, etwa von spielenden Kindern?

Ich machte mich also auf, den passenden Bach zu finden. Und als die Suchmaschine zu meiner Überraschung tatsächlich die Existenz eines Unscheinbaren namens Reka belegte, noch dazu gleich ums Eck, südlich von Klagenfurt, stellte sich heraus, dass ich ihn lange vor dieser Geschichte kannte. Ja, ich war diesen Bach schon vielmals entlanggegangen auf meinem Weg zur Schule. Er bildet gleichsam den Abfluss des algigen Karpfenteichs, den wir Stiftsgymnasiasten jeden Tag zweimal querten über die Seufzerbrücke, und fließt von eben dort über fast zwei Kilometer inmitten von Äckern und Wiesen in nordöstliche Richtung, ehe er sich gurgelnd in die Sattnitz ergießt, direkt neben dem Wehr, in dessen Oberwasser wir im späten Frühjahr manchmal gebadet haben, wenn wir von der Schule kamen oder im Unterricht fehlten.

Der schmale Uferstreifen aus geschlichteten Steinen war ein Treffpunkt der Outlaws und notorischen Schwänzer und solcher, die auf dem Heimweg eine Verschnaufpause brauchten, um sich im Gewölk von Haschisch und Wundbenzin ein wenig Mut einzugeben, ehe sie mit dem *Fleck* vor ihre Eltern traten. Und manche zeigten herum, was sie im Unterricht anstelle einer Mitschrift zu Papier gebracht hatten, Zeichnungen oder Gedichte.

Im Spätherbst trat die Sattnitz manchmal über die Ufer. Dann standen die Türkenfelder oft knietief unter Wasser, und Enten und Schwäne schwammen zwischen den welken Stoppeln, und wenn das Wasser fror, konnte man stellenweise sogar darauf Schlittschuh laufen.

Es gab keinen besseren Ort für eine Meermannsgeschichte, die Jungfernfahrt meines Schiffchens. Wozu also weiter suchen nach dem Russenkanälchen? Die Kurve zu den Russen würde ich ohnehin kriegen, vorausgesetzt es gelänge meinem papiernen Dampfer, sich über Wasser zu halten.

Sorgsam faltete ich das Blatt mit der Anekdote vom ertrunkenen Onkel, spazierte zum Rekabach, hockte mich an sein Ufer, ließ, *aye, aye, Kapetan*, meinen Text zu Wasser, und lief noch eine Weile munter neben ihm her, um ihm zuzusehen, wie er kreiselnd, wippend in den Stromschnellen tanzte, ehe ihn ein Schwall in die Sattnitz spülte, wo er in ruhiger Fahrt langsam flussabwärts trieb, vorbei an der Reihenhaussiedlung, in der ich das Ende meiner Kärntner Kindheit verbrachte, ungezählte Stunden auf den Bahnschwellen sitzend, die als Stufen dienten, wenn man zum Wasser wollte, die nackten Beine im Fluss, wie unlängst am Zayandeh Rud an einem Morgen im Mai – und als ich mit einem Mal aus einem Tagtraum schreckte, war der Papierdampfer fort, doch wie es weiterging, kann man sich selber denken.

Bestimmt hat er binnen Stunden Glan und Drau erreicht und bei Lavamünd die erste Grenze passiert, um alsbald durch Maribor und einige Zeit danach durch immer neue Städte und in die Donau zu fließen, und weiter durch Novi Sad, Beograd und so weiter, vorbei am Zufluss der Save, die vorher die Drina aufnahm und alle ihre Geschichten, und weiter über die Länder, vorbei an prachtvollen Bauten und unverwendeter Landschaft und schwimmenden Inseln, Eichen, Schilfgras und Zitterpappeln, um in der Stadt Sulina neben dem alten Leuchtturm im Schwarzen Meer zu münden.

Und, werde ich am Ende zu meinem Kapetan sagen, denk die Geschichte ruhig weiter: Am Strand von Noworossijsk sah man zwei Wochen später einen kleinen Buben, der dem verdutzten Vater etwas Papierenes reichte: *Papa, lies vor! Was steht da? Das hab ich am Ufer gefunden.*

Kugel-Kugel-rot

Früher band man den Kindern rote Halstücher um und nannte sie Pioniere. Sie haben den Marschall besungen, den einstigen Gastarbeiter, allerdings nicht dafür, dass er im Ersten Weltkrieg für Österreich-Ungarn kämpfte, und sind um das große Denkmal um die Wette gelaufen und haben Krieg gespielt und sich in die Haare gekriegt, wenn sie sich einigen sollten, wer Partisan sein durfte und wer Deutscher sein musste.

Der Deutsche war der Verlierer, da konnte er noch so gut kämpfen. Die Befehlshaber aber standen naturgesetzlich auf der richtigen Seite. Sie hatten festzulegen, wer überhaupt mitspielen durfte, wer was zu tun, was zu sagen oder zu kuschen hatte, wer die besten Waffen und wer bloß Prügel kriegte. Sie sicherten sich selbst stets die großen Gewehre und bestimmten im Zweifel, ob einer wirklich tot war oder nur angeschossen oder gar nicht getroffen. Sie entschieden allein, wann man nach einem Streit wieder gut zu sein und wer sich bei wem und wie zu entschuldigen hatte – und gaben sich unbestechlich und ließen es so erscheinen, als weise ein Auszählreim jedem die Rolle zu: Sieger oder Verlierer, mausetot oder lebendig. Natürlich, sie kannten die Tricks, fanden sich neue Reime, wenn ein alter nicht taugte, Verse, die sie kürzten, durch weitere Strophen ergänzen oder im Durcheinander von Fingerdeut und Silbe so lange zurichten konnten, bis das Ergebnis passte.

Der Reim bestimmte das Schicksal. Er konnte das Leben kosten oder dein Leben retten. Wissend drehten die Reimer an den vertrackten Schaltern ihres Glücksgenerators.

Deutete der Finger dennoch nicht auf den Gewünschten, ging es listig weiter. *En-ten-ti-ni / sava-raka-ti-ni* – die Mitläufer standen im Kreis und nickten dazu im Takt. Wer nicht an den Zufall glaubte, galt ihnen als Spielverderber. Wer petzte, hatte verloren, noch ehe er mitspielen durfte.

Was die Kinder nicht wussten: Nicht einmal deutsche Kinder wollten noch Deutsche sein, lieber Räuber, Gendarmen, aber Hauptsache Sieger.

Die Kinder sind überall so. Sie neiden einander das Glück. Und wenn zwei zur selben Zeit zufällig dasselbe sagen, rufen sie *Eins, zwei, drei, vier / und das Glück gehört mir!* und klopfen dreimal auf Holz, und wenn sie richtig in Fahrt sind, verdunkeln sie ihre Spiele gegen die Welt der Erwachsenen. Nähert sich doch einmal einer, verstummen sie jäh und blenden mit ihren Engelsgesichtchen.

An einem Tag im Mai werden die Pioniere blutrote Nelkensträußchen vor einen Leichenzug werfen. Sie werden dem Toten danken und ewige Treue schwören und diese Treue brechen und in den neuen Krieg ziehen, während die anderen ausziehen. Die Kinder der Kinder aber werden auf Friedhöfen spielen, Verstecken spielen und anderes. Und vielleicht davon träumen, ein bisschen deutscher zu sein.

Wohin aber jetzt mit Gert Jonke?

> Und auf die Wand, die nicht mehr steht,
> schreib ich deinen Namen.

Das Lebensgefühl der alten italienischen Meister ist der Stadt Klagenfurt in die Substanz geschrieben, in Stuck, Schnörkel und Arkade – ein Schauplatz der südlichen Sehnsucht, die sich manchmal als Schatten über die Einwohner breitet, als folgten ihre Launen dem Grundsatz der Homöostase. Je mehr es im Außen glänzt, desto düsterer drinnen. Vielleicht erklärt das auch, warum diese kleine Stadt so große Verbrecher anzog und hervorgebracht hat: Ernst Lerch, der als Adjutant des ebenfalls eingesessenen SSlers Odilo Globocnik an der Ermordung von Millionen Juden mitwirkte, oder den *Irrenarzt* Doktor Franz Niedermoser, der tausende Pfleglinge, unter ihnen auch Kinder, in die Gaskammern schickte oder auf seiner Station mit Gift ums Leben brachte, gemeinsam mit hilfsbereiten Kranken- und Siechenschwestern. Oder die vielen Kuscher, die, *Herr, laß uns ruhig schlafen*, sich in Abendgebeten um Seelenruhe bewarben, während man kranke Nachbarn nachts aus den Betten holte, um sich der *nutzlosen Fresser* auf Umwegen zu entledigen, oder Doktor Franz Palla, der zahllose Männer und Frauen zwangsweise sterilisierte, nur weil sie von der Herrschaft als erbkrank gebrandmarkt wurden.

An diesen Operateur erinnert heute noch die unansehnliche Gasse, auf der man in fünf Minuten zu Fuß von der Südeinfahrt des Landesklinikgeländes zur breiten Ringstraße kommt, die den Stadtkern umgibt. Seinen Opfern dagegen wurde bisher weder das kleinste Gässchen gewidmet noch ein Denkmal errichtet.

Die Dr.-Franz-Palla-Gasse ist in Wahrheit die Anschrift eines bekannten Dichters, der hier, in Haus Nummer 2, Kindheit und Jugend verbrachte. Sie bildet die Luftlinie zwischen dem Krankenhaus, in dem Gert Jonke einst das Licht der Provinz erblickte, und dem Stadttheater als einem der wichtigsten Orte seines späteren Wirkens.

Einige Freunde des Dichters haben sich unlängst bemüht, den Stadtsenat zu bewegen, die Gasse umzubenennen. Ohne großen Aufwand wäre die Schande beseitigt und einer erhoben worden, der der Stadt Klagenfurt tatsächlich zur Ehre gereichte. Sie luden zum Straßenfest vor dem Haus Nummer 2, da wurde gelesen, gesungen und über Gert Jonke geredet, auch über Pallas Verbrechen, während Unbekannte just beim Haus gegenüber, in dem seit geraumer Zeit die Rechtspartei residiert, ein Transparent entrollten: *Dr.-Jörg-Haider-Gasse.*

Da sieht man ihn wieder, den Stellen-Wert der im Guten und Schlechten für denkwürdig Hingestellten, egal, ob Künstler, Erfinder, Friedensstifter, Feldherren, Staatsmänner und Minister oder eben Verbrecher.

Eine Woche später war in der Zeitung zu lesen, der Stadtsenat wolle die Gasse lieber nicht umbenennen. Zwar habe man sich beraten, auch Experten gehört, sei sich nun aber einig, den Namen beizubehalten. Wo käme man schließlich hin, würde der Operateur nicht in Erinnerung bleiben – ein Schelm, wer sich denkt: nicht in schlechter! Jedenfalls habe sich auch der Erinnerungsbeirat aufs Niemalsvergessen berufen, sich dagegen ausgesprochen, mit der Entfernung des Namens, in dem die Verbrechen geschahen, auch die Verbrechen selbst aus der Erinnerung zu tilgen. Die *belastete* Gasse bekomme allerdings erklärende Zusatztafeln, damit man nur ja nicht vergesse, woran man schon früher nicht dachte. Nicht zu vergessen auch: Der Doktor sei auch nur ein Mensch. Immerhin habe ihm der altbewährte Experte der jüngeren Kärntner Geschichte *Befehlsnotstand* attestiert und auch große Beliebtheit als exzellentem Chirurgen.

Man nahm ihm die Notlüge ab, stimmte einstimmig zu, indem man einstimmig kuschte, obwohl man doch wissen musste, dass der besagte Experte eine menschelnde Schwäche für Doktor Franz Palla hatte und der Erinnerungsbeirat entschieden dagegen auftrat, den Täter in Eichmannmanier zum Opfer der Zwänge zu machen. Und lassen sich Meriten in die Waagschale werfen, um einen Schwerverbrecher nach Gutdünken zu entlasten? Aus einem *Zwangssterilisator* lässt sich so einer machen, der ähnlich wehrlos erschiene wie die von ihm Verstümmelten, umständehalber gezwungen, sein chirurgisches Messer in *ausgezeichneter* Weise, wie der Experte betonte, an ihre Hoden zu setzen – immer noch Manns genug für einen Gassennamen.

Die Finger des *Handlangers* aber, wenngleich steril gewaschen, bleiben auf immer blutig.

Der Stadtsenat nahm es hin – und führte zudem ins Treffen, dass noch zwei weitere Gründe für den Verbleib des Namens des Unheilkundigen sprechen. Zum einen *gravierende Folgen* für die Gassenbewohner. Die hätten sich ebenfalls gegen die Umbenennung der Gasse ausgesprochen, da es zu aufwändig sei, die Adresse zu ändern. Zum anderen sei Gert Jonkes eigene Familie dagegen, der verfluchten Gasse seinen Namen zu geben.

Freunde taten sich schwer, die Behauptung zu glauben. Tage vor dem Fest hatte Gert Jonkes Gefährtin der kleinen

Initiative gutes Gelingen gewünscht und ihr Bedauern bekundet, nicht dabei sein zu können, dann aber hintenherum den Bürgermeister ersucht, dem einstigen Wegbegleiter doch bitte anstelle der Gasse jenen Holzsteg zu widmen, den sie vor einigen Jahren für passend befunden hatte. Im Tausch gegen seinen Sanctus bekam der Stadtsenat eine vornehme Ausflucht für die Verbannung des Dichters, nämlich den *Wunsch der Familie*, zu deren Alleinvertreterin er seine Freundin machte. Wer hat seine Schwester gefragt, wer die anderen Verwandten? Sie werden das Nachsehen haben, wenn man die Lendkanalbrücke nach dem Dichter benennt und die Einweihungsredner zu Abschiebungshandlangern werden, ganz in der Tradition, Dichter, Bildhauer, Maler aus dem Zentrum zu drängen, sie posthum auszusiedeln in Naherholungsgebiete oder Stadtrandbezirke, wo man den endlich Leisen, zu Lebzeiten Unbequemen Anrainerstraßen widmet, Sackgassen, Fitnessparcours, Holzstege, Schotterwege – immer unter dem Vorwand, diese oder jener sei dort gern lustgewandelt, habe sich ebendort gern *inspirieren* lassen.

Ingeborg Bachmann hat es zu einem Waldpfad gebracht – wobei man nicht sicher weiß, ob der *Bachmannweg* ihr gilt –, Christine Lavant gar zu einer Vorstadtgasse zwischen Feldern, Wiesen und Einfamilienhäusern. Jetzt wird Gert Jonkes Name in Minimundusmanier beim Kanal deponiert, wo sich Langstreckenläufer und Sommertouristen tummeln.

Palla aber bleibt mitten in Klagenfurt. Und nachdem die Bewohner niemals vergessen sollen, holt man demnächst wahrscheinlich weitere Ärzte aus dem städtischen Leichenkeller, die allerseits hofiert und vielfach ausgezeichnet im Landeskrankenhaus unweit der Pallagasse geschickt ihr

Unwesen trieben. Doktor Franz Wurst zum Beispiel, weit nach dem Weltkrieg Primar der Heilpädagogikabteilung, der sich, wie der Chirurg, großer Beliebtheit erfreute, solange man ableugnen konnte, was die *verdorbenen* Kinder diesem Gottseibeiuns zu unterstellen suchten – als *Zuwendungstherapie* hat er es später bezeichnet: Sie diene der Überwindung abnormer Berührungsängste. Der Stadtsenat wird kein Problem mit einer Wurst-Gasse haben, damit man niemals vergesse.

Nachtrag

Wie einem ORF-Onlinebericht vom 17. Mai 2021 zu entnehmen war, sprach sich der Vorsitzende des Erinnerungsbeirats in Kärnten für eine mittelfristige Entfernung *belasteter* Straßennamen aus und bekräftigte seine Einschätzung, wonach Dr. Franz Palla die Zwangssterilisationen an psychisch und körperlich kranken Menschen keineswegs unter Zwang der Nazis, sondern aus Karrieregründen vorgenommen hat. Außerdem kritisierte er die bereits 2007 eingesetzte Historikerkommission, die Franz Palla reingewaschen habe, und verbat sich die Nennung des Beirats in Zusammenhang mit der Historikerkommission.

Tinnitus

Auf der Busfahrt nach Zagreb kehrten die Bilder zurück: die mühsamen Schlendereien an der Großmutterhand über den kleinen Pazar, Berge von Äpfeln, Quitten, Kirschen und türkischem Honig – und als Soundtrack spielte Taraf de Haïdouks, Balkan Gipsy Folk, so Zeug, das der Großvater mochte, und ich summte leise mit, aber die Mitfahrenden schienen es nicht zu bemerken. Diese Balalaikas sind heute mein Tinnitus. Und Balkan sind immer die anderen, die mit den Kelimtaschen, die früher auch hierzulande an den Marktständen hingen, neben den verzierten knallroten Lebkuchenherzen, bis man die Mahnmale sprengte und neue Lieder sang und den Stern einstampfte.

Irgendwen hörte ich sagen, Tausende seien über Nacht über die Grenze gekommen, unterwegs Richtung Westen, die Bahnverbindung gekappt – und dicht auch die Balkanroute.

Der starre Blick aus dem Fenster. In beinahe jedem Hof ein Haufen sperriger Dinge, die man eines Tages bestimmt würde brauchen können: Ziegel, Schotter, Bretter – und die Erinnerung an meine letzte Busfahrt durch die zerschossene Krajina und diese Frau aus Bayern, die so dicht neben mir saß, dass ich bei jedem Schlagloch das Beben des Busens spürte, der nicht zu mir gehörte: *Rege Bautätigkeit*, hörte ich wieder sagen.

Irgendwer hinter mir lachte und alles schien einzustimmen, Simon & Garfunkel: »*Kathy*«, *I said as we boarded a Greyhound in Pittsburgh / »Michigan seems like a dream to me now«*, und auf den Wahlplakaten log man das Blaue vom Himmel im rotweißen Schachbrettmuster, und jemand tippte mich an, ob es nicht leiser ginge, ich sei schließlich nicht allein.

Abwesenheitsnotizen

Was meinst du, wenn du Zuhause sagst?
Die immer gleiche Geschichte: Die Kinder verbergen die andere Herkunft wie eine peinliche Krankheit. Sind sie dann eingesessen, fragt man, warum sie bleiben. Wie verstört ist der Vogel, der den offenen Käfig nicht flieht?

Denke ich an die Helden meiner Klagenfurter Kindheit, fällt mir als Erster Musil ein. Das war der Zuckerbäcker mit den schönsten Torten, Schaumrollen und Makronen. Hinter der Vitrine in der Konditorei mit der feinen Adresse 10.-Oktober-Straße lockten Glückskäfer, Schnecken, Frösche und Krokodile aus buntem Marzipan, augenhoch, greifbar nahe, allerdings diebessicher hinter der blitzblanken Scheibe, die ich in manchem unbeobachteten Moment mit dem Finger antippte, um mich zu entschädigen fürs uneingelöste Versprechen.

Noch eine Erinnerung: Für die Abendgäste wird der Schonbezug von Mutters Diwan genommen. Der Vater verdunkelt das Zimmer, entrollt eine große Leinwand, holt den Diaprojektor. Vor ihm ein Plastikkoffer voller quadratischer Bilder in hellen Kunststoffrahmen, sorgfältig eingesteckt in länglichen Kunststoffkassetten. Er nimmt ein Kästchen heraus, schiebt es in den Projektor. Leise krachen die Chips zwischen den Zähnen der Gäste. Ein Bild erscheint auf der Leinwand: Ich am fünften Geburtstag mit verheultem Gesicht. Die Gäste glucksen, schlucken, sollen mich so nicht sehen. *Drück weiter*, sag ich zum Vater.

Der Drücker ist durch ein Kabel mit dem Projektor verbunden. Betätigt der Vater den Knopf, zeigt sich das nächste Bild. So geht es immer weiter. Am Ende die weiße Leinwand.

Momentsammlung nennt es der Vater. Ich nenne es *Diaschauen*. Die Gäste nennen es *Folter*, aber das sagen sie nicht.

Bei jedem Bild erklärt der Vater lang und breit, wer oder was zu sehen sei. Meistens erzählt er auch, was nicht zu sehen ist. Zuweilen unterbricht die Mutter. *Drück weiter*, sagt sie, *Drück!* Die Gäste danken es ihr, aber das sagen sie nicht. Leise schnarrt der Projektor. Die Gäste schnurren auf glühenden Kohlen. Der Qualm ihrer Zigaretten steigt im Lichtkegel auf. Manchmal ein kurzes Schnarchen. Dazwischen wieder das Malmen. Und einmal faustische Stille, gefolgt vom Ausruf des Vaters, *Hoppla, da sind mir die Bilder wohl durcheinandergeraten*. Die Schaulust ist endlich geweckt, aber der Vater drückt weiter.

Die Gäste, sichtlich gelangweilt vom Anblick des nächsten Bilds, geben sich interessiert. Eine Geburtstagstorte, darauf fünf brennende Kerzen und mehrere Marzipantiere aus Musils Menagerie.

Der Vater drückt abermals weiter. Die Bilder werden zum Film: *Jugend in einer Grenzstadt*. Die Kinder sind auswechselbar, aber meistens dieselben. Jedes Jahr im Oktober werden in der Schule papierene Fähnchen gebastelt. Die Kinder wedeln damit, wenn sie sie kurz vor dem Festtag mit nach Hause bringen. Bunte Fähnchen sind es. Erstens das Gelb der reifen, steinharten Türkenkolben. Zweitens das Rot der Hetschepetschfrucht, deren borstige Körnchen die Starken den Schwachen gerne in den Halsausschnitt reiben. Drittens das Weiß des Herzens – *sieh, liebes Vaterland, was wir dir mitgebracht haben, unsere Ehre und Treue, unsere eigene Wahrheit! Hörst du den Ulrichsberg rufen?*

Der Berg mit dem großen Kreuz liegt im Norden der Stadt, wirft aber lange Schatten. Heute kreuzen dort die letzten Gestrigen auf, die es noch aufwärts schaffen. Einmal träumte mir von prostatischen Greisen. Die standen in Reih und Glied neben der Runenruine und urinierten lachend, wahrscheinlich um die Wette. Manche stolzierten mit Krücken, leise klimpernden Orden, leeren Uniformärmeln. O, flatternde Achselklappen, klappernde Zahnprothesen, windgebeutelte Quasten! Und wie sich die Kameraden mit Glühwein und Tee mit Rum die morschenden Knochen wärmten und Anekdoten erzählten aus den besseren Zeiten, auf die man – ah, Kurzsichtigkeit! – nicht weit zurückblicken musste, da sich zum Vorglühen im Gasthaus noch vor wenigen Jahren namhafte Redner gesellten, um die wackeren Alten für ihren *Anstand* zu loben, Püppi Himmler etwa oder der Landeshauptmann, der sich in seiner Rede herzlich bei ihnen bedankte.

Niemals fragen die Kinder, was der Ulrichsberg ruft. Im Winter pflücken sie Knallerbsen von den Büschen und treten sie lachend kaputt. Ein Krähenschwarm hebt vom Feld ab. Endlich fühlt man sich mächtig. Beim Tiere-Erschrecken entlädt sich der Zorn, genau wie beim Aus- und Abzählen. Man vertreibt sich die Zeit, verschüttet in frostigen Nächten Wasser auf den Trottoirs, wartet, dass einer komme, ihm Hals- und Beinbruch zu wünschen.

Der Vater drückt weiter, der Film reißt nicht ab. Die Kinder wissen von nichts. Sie sollen es besser haben und haben doch schon genug. Bei Tisch rühren sie gelangweilt in ihren vollen Tellern. Wenn sie sich einmal beklagen, heißt es *Euch geht es zu gut*. Sie öffnen die Türchen ihrer

Schokoadventskalender. Zu Nikolo sind sie leer. Man droht ihnen mit dem Krampus oder mit dem Doktor, lockt sie mit Sonntagsausflügen.

RANDNOTIZ: Schachteltraum. Die Mutter kippt die angebissenen, kopf- und gliedlosen Käfer, Schnecken und Krokodile vom Pappteller ins Klosett. Die Geburtstagsgäste schnalzen mit bunten Zungen und zuzeln die Marzipanreste aus ihren Milchzahnlöchern.

An meinem fünften Geburtstag habe ich Musil verflucht.

Der Vater drückt immer weiter, aber der Drücker spinnt. Die Kinder spielen verrückt. Im Unterricht lernen sie Schreiben, Lesen, Rechnen und Kuschen. Was macht der Kaugummiklumpen auf dem Deutschlehrersessel? Niemand zeigt auf, als er sich nach dem Täter erkundigt. Nur keine falsche Bewegung! Nur nicht anecken, auffallen, Hauptsache dazugehören. Alle wollen dazugehören. Alle sind einer zu viel. Die Kinder klopfen auf Tische, rufen *Es fliegt! Es fliegt!* Bis wieder einer fliegt. Meist fällt er auf den Mund. Der Lehrer runzelt die Stirn. *Wie heißt die Hauptstadt von Wien?* Man will ihm die Kreide stehlen, ihm ankreiden, dass man schweigt.

Der Vater drückt weiter. Die Kreide bricht ab. Am 10. Oktober ist schulfrei.

Noch eine RANDNOTIZ: Heilfroh war ich Kind, da in meinem Reisepass unter *Besondere Kennzeichen* »Keine« stand.

Gute Taten werden vollbracht, schlechte werden begangen, wie ein Gedenkfest begangen, das trefflich vergessen macht. Die Kinder glauben gern an ruhmreiche Heimathelden. Sie wissen nichts vom Bunker unter der Kreuzbergl-wiese, wo sie so gerne spielen, nichts von der Erschießungsstätte, nur einen Steinwurf entfernt, wo jetzt das Dickicht wuchert. Sie wissen nicht, dass im September, wenn die Maronisammler das Waldlaub mit Stöcken durchstöbern, manch einer anderes sucht. Aber sie werden gewarnt, niemals dorthin zu gehen – sie könnten sich ja verlaufen.

Die Kinder verlaufen sich gern. Vom Wald aus sieht man die Stadt nicht, aber man hört ihren Sound, ein liebes, tröstliches Summen, manchmal ein Glockengeläut, dazwischen ein Folgetonhorn, das schnelle Rettung verspricht.

Nur nicht fragen, was einer sucht, besser, den Schulkameraden für sein Gipsbein hänseln, weil er Schokolade kriegt und Lehrer Rücksicht nehmen. Die Kinder beneiden alle, die einen ersichtlichen Grund für ihren Kummer haben – die eigenen Gründe kennen sie nicht. Sie halten die Mütter durch Hüsteln in Schach, Kopfweh, Bauchweh, Dünnschiss oder richtige Sachen. Nur nicht fragen, warum einer darniederliegt, oder wozu der Lehrer die schweigsame Schulkameradin täglich nach Hause fährt. Ein Hoch auf den Heim-Begleiter, Kinder-auf-Knien-Halter! Wer zu viel fragt, nässt nachts ein.

Das Ende der Kindheit naht mit dem giftigen Regen. Die Mutter verriegelt Fenster und Türen und schüttet die Milch in den Abguss. Der Vater macht wieder Druck. Die Milch macht die Kinder nicht krank. Sie kriegen die Masern, herrje – beinah ist eins gestorben.

Wer's überlebt, spielt Klavier. Um nicht in die Stunde zu müssen, boxt man gegen die Wand, bis einem die Knöchel bluten, schneidet sich in den Daumen oder andere Finger. Oder tut nur als ob, indem man den Wundverband um die heile Hand wickelt. Der Klavierlehrer aber – *Jessas, lass einmal sehen!* – rollt wortlos den Wickel ab, lächelt, küsst einem die Hand: *Begabt, aber faul, muss ich sagen. Vergeu-*

de nicht dein Talent! Er drückt das Gewicht des Pendels bis zum Anschlag herunter, das Metronom zuckt aus, übertönt vom Geklimper und lautstarken Presto-Rufen, *Schneller! Fester! Weiter!*

Die Kinder, die keine Kinder mehr sind, gehen zum Küssen ins Kino. Gespannt warten sie auf die Werbung, als sei sie letztlich der Film. Junge Frauen und Männer rekeln sich leichtbekleidet zwischen Sandstrandpalmen, unter Stoffbaldachinen, in luftigen Bambushütten zu karibischen Rhythmen. Die Kinder haben verstanden, bestellen Zuckerrohrschnaps, um sich die Nebelstadt ein bisschen wärmer zu trinken, und wenn wieder eines von ihnen einen Moralischen kriegt und droht, vor ein Auto zu springen, sind die andern zur Stelle. Man ist füreinander da, liegt sich in den Armen, den Tod der geliebten Katze, eine missglückte Liebe oder den Dauerstreit der Eltern zu verwinden, und raunt verzweifelte Schwüre ewig währender Freundschaft, während man insgeheim froh ist, sich am fremden Nachteil ein klein wenig aufzurichten.

Obwohl die Kinder längst nicht mehr ans Christkind glauben, schmücken die Mütter heimlich ihre Fichten und Tannen. Weihrauch dringt aus den Schloten, während die Kinder fernsehen. Einmal läuft da der Film, in dem ein paar hübsche Hippies als ungebetene Gäste bei einer Party aufkreuzen und der Oberhippie am Ende der Festtagstafel einen Sessel ersteigt und die stocksteifen Damen bei den ersten Takten von *I Got Life* aufkreischen, während er mit dem Fuß – der Fünfzack-Chuck sei gepriesen! – ein Champagnerglas umstößt und behänd auf den Tisch springt, um unter spitzen Schreien und betretenen Blicken einen Tanz hinzulegen und sich in Tarzanmanier auf einem Lüster hängend über die Tafel zu schwingen!

Da ist's um die Kinder geschehen. Sie wollen auch diesen Schuh.

RANDNOTIZ: Stundenlang hetzte ich die kriegsversehrte Großmutter im Sommer 88 bei vierzig Grad im Schatten durch die Gassen von Split, weil es in Wien und Kärnten damals unmöglich schien, Converse-Chucks aufzutreiben (nein, wir wurden nicht fündig).

Die Kinder, die jetzt keine Kinder mehr sind, brechen den Krieg vom Zaun, schreiben sich *Peace* auf die Bluejeans, kaufen sich Woodstock-Platten und faseln von Vietnam. Sie wünschen sich auch einen Krieg, so könnten sie auch protestieren oder ein bisschen Held spielen und endlich zusammenrücken. Krokodile nämlich lauern in ruhigen Gewässern. Der Krieg, so denken die Kinder, setzte alles ins Maß, den Lehrer, den Ulrichsberg, die eigene Unbehaustheit. Und Gott würde alles verzeihen, auch ohne Vaterunser und selbst den Abgeirrten stünde der Himmel offen. Sie zeichnen die Hölle auf den Asphalt und schnupfen die Lehrerkreide und lassen sich von den Müttern Leibspeisen zubereiten. Später scheuern die Mütter den Ruß von den Silberlöffeln – und morgen ein neues Leben, und immer ein Leben für morgen, als ob es kein Gestern gäbe.

Wer nicht gestorben ist, wird vielleicht doch erwachsen. Glück heißt jedenfalls: ein frisches Päckchen Gauloises – und die Fahrkarte Klagenfurt–Wien.

Manche verlassen die Stadt, einige nicht für lang, vielleicht weil sie anderswo glauben, etwas zurückgelassen oder verloren zu haben, ein paar von den Münzen vielleicht, die sie in Winternächten aus dem Stadtbrunnen fischten, mit aufgekrempelten Jeans im eisigen Wasser watend, oder die Schlafmohnkapseln, die sie zu Allerheiligen von fremden Grabstätten stahlen, um sich Tee zu brauen, oder ein Marzipantier, das die Mutter bloß anbiss und heimlich im Klo entsorgte, oder das Paradies einer verlorenen Kindheit.

Und geht es den Suchenden nicht immer wie Ewan McGregor in der Trainspotting-Szene, in der er zu *Born Slippy* von der Band Underworld vor einem Drecksklo kniend mit seinen bloßen Händen in der Kotsuppe wühlt, um das im Zuge einer heftigen Durchfallattacke ausgeschiedene Zäpfchen doch noch aufzufinden, dann aber, weil es nicht glückt, kopfüber darin abtaucht? Geheiligt sei die Suche nach dem verlorenen Glück! In der Folgeeinstellung sieht man den Klomuscheltaucher im kristallklaren Wasser eines Ozeans gründeln, das Opiumzäpfchen finden und triumphierend die Faust ballen, ehe er emporkrault, dem schillernden Licht entgegen, wo er nach dem Cut aus dem verschissenen Klo taucht.

Ein wenig fühlt man sich an das Märchen erinnert, in dem ein braves Mädchen seiner blutigen Spindel in einen Brunnen nachspringt, um sich, wer hat's gesehen, in neuer Umgebung zu finden.

Manch anderer findet sich zwischen Türmen, Zinnen, ausgeräumten Vitrinen und rostigen Litfaßsäulen, auf denen Plakatschönheiten beim ersten ergiebigen Regen Masernflecken bekommen. Er wird wieder heimisch werden, sobald er vergessen hat, wovor die Landsleute flüchten. Ob einer irgendwohin reist, um vertraut zu werden, oder weil er endlich, einmal noch, fremd sein will?

Weit haben wir's gebracht.

Zwischen den Kulissen einer Bleibe auf Zeit richte ich mich ein, rolle den Kelim aus unter einem Himmel voller exotischer Vögel. Ihr Krächzen und Zwitschern tönt aus winzigen Lautsprecherboxen.

Die Stadt kann nichts für die Lumpen, nichts für die Schreier und Kuscher, nichts für die vielen grausam um Würde und Leben Gebrachten oder den toten Hauptmann, der die SSler lobte, und nichts für den Bürgermeister, der zu Ehren des Toten Gratiskerzen verteilte, solange der Vorrat reichte, darauf die Kärntnerfahne und eines seiner Zitate. Die Stadt kann nichts für ihre berühmten Geschichtsexperten, die so oft alles daransetzen, dass sich die Massakrierten, die Gewehrkolbenhiebe, Schüsse und Scheiterhaufen nicht ins Heimatbild mischen, und in ihren Festansprachen kein Wort darüber verlieren, wohl um den Festtagsgästen die Geister vom Leib zu halten, die sonst aus den Gräbern kröchen, als Aufhocker, Wiedergänger, anstatt endlich Ruhe zu geben.

Diese Stadt kann nichts für ihre missratenen Kinder, nichts für die Beleidigten, die, die Hände noch heiß vom Beifall für die erlösende Rede eines Geschichtsgelehrten, während des Schriftstellervortrags von ihren Sesseln springen und Hals über Kopf – *Skandal!* – aus einem Festsaal stürmen, da sie sich gemeint meinen, als der Redner beginnt, die eine und andere Schandtat ihres verstorbenen Hauptmanns und einiger seiner Vasallen ins Gedächtnis zu rufen. Nicht wer das Übel verschuldet, ist hier der Übeltäter, sondern wer es benennt. Draußen vor dem Saal ballen sie drohend die Fäuste. *Hasspredigt*, hört man sie rufen, *Störung der Totenruhe*. Man werde sich noch wundern, was alles möglich sei.

Und was sie alles würden, wenn sie irgendwie könnten, die Saubermänner im Wichs und ewigen Halbwahrheitspächter. Weist jemand auf die Jauche, die auf den Stiefeln klebt, schreien sie *Nestbeschmutzer*. Und wehe den Unverschämten, die im letzten Oktober zum hundertsten

Jahrestag der Kärntner Volksabstimmung in Heimattracht und Dirndln, aber mit Affenmasken um Kriegerdenkmäler tanzten! Schon hörte man sie klagen: *Multi-Kulti-Spektakel …*

Alles wird wieder gut. In der lokalen Zeitung gibt es Reindling-Rezepte und einen Online-Shop mit allerlei Siebensachen für Andacht und Brauchtumspflege, Weihwasserschälchen, Stövchen, Rosenkränze und Kerzen, Kruzifixe und Weihrauch und in der Rubrik *Termine* ein Feldenkraisseminar, zwei Selbsthilfegruppentreffen und einen Einführungsvortrag bezüglich der Fastenwoche. *Schau, liebes Vaterland, was du uns angetan hast – unsere Ehre heißt Reue, unsere einzige Pflicht!*

Leise ist es inzwischen unter den Schimpfwortführern, und der *Ruf der Heimat* flattert seit Jahren nicht mehr in jeden Kärntner Haushalt. Selbst der Chef vom Dienst zeigt sich slowenenfreundlich, seit er sich mit Vertretern der einstigen Widersacher darauf einigen konnte, dass die Partisanen diesseits der Karawanken bessere Menschen waren als deren Tito-Genossen aus dem verfluchten Süden, jedenfalls katholisch und nicht etwa Kommunisten. Die hiesigen hätten, sagt man, nur aus Notwehr gehandelt, die andern aus heiterem Himmel, also aus schierer Bosheit und ungezügelter Machtgier. Aber lassen wir das. Längst sind es andere Gefahren, die, folgt man ihren Reden, über die Grenzen schwappen.

Alles wird wieder gut. Die Mütter rufen *Weiter*, die Väter drücken ab. Die Gäste fressen die Kreide gottloser Kinderschänder, und Herkules steht versteinert vor dem riesigen Lindwurm, den er kaltmachen sollte, wie der Koch in Dornröschen, als er den Hund schlagen wollte. Die Hasser von gestern sind alt, die noch am Leben sind, schlafen. Nur manchmal schreckt einer auf und sieht Gespenster im Dunkel und rote und gelbe Sterne.

Es kommen neue Kinder. Sie werden die Feigheit des Schweigens nicht länger als Vernunft tarnen.

Der Duft von Pistazien

Die Spiegelung im Kanal wandelt den Brückenhalbbogen in ein kreisrundes Öhr, ein dunkles magisches Auge, durch das man, so denkt das Kind, bestimmt ins Jenseits gelangte. Vom Kinderzimmerfenster sieht es zum Seerosenhof, dahinter die Schneiderei und der Eissalon Truppe. An manchen Frühlingstagen steht die Balkontüre offen, verströmen Forsythien, Hibiskus, Jasmin scheinbar den Duft von Pistazien, Bananen und echter Vanille. Durch die Formziegelbrüstung sieht das Kind auf den Gehweg. Später wird es behaupten, Gert Jonke gesehen zu haben, wie er, als er ein Boot auf dem Kanal erblickte, eilig die Mütze vom Kopf nahm und dem Kapitän winkte, der, von der Sonne geblendet, die Hand vor die Augen hielt, wie ich bei der Nosferatu-Schwarzweißstummfilmsterbeszene im Open-Air-Sommerkino des Burghofs im Zentrum der Stadt – oder die vielen anderen, als der Burghof der geheimen Staatspolizei als echter Mordschauplatz diente.

Faust zum Gruß

Mein täglicher Weg in den Wald führt über eine jener kaum befahrenen Straßen, die sich, vom Autobahnzubringer kommend, binnen weniger Minuten als enge Freilandbahnen durch Felder und Wiesen schlängeln und mitten durch inzwischen Stadtrand gewordene Dörfer, die einst aus wenig mehr als einer Gastwirtschaft und ein paar Höfen bestanden, bis man die Äcker und Öden als Bauland widmen konnte und an Städter verkaufte, die ihren Traum von Daheim in den Lehmboden pflanzten. Duzende Eigenheime samt Carports und Abstellhütten prägen das Bild jener Orte. Bewohnern begegnet man kaum. Nur wenn es warm ist draußen, hört man Stimmen und Rasenmäher oder ein Wasserplätschern hinter Paravents, Paravues, blickdichten Kunststoffplanen, Thujenhecken und hölzernen Sichtschutzverschlägen. Alles steht dicht an dicht, nicht ein Ort dient der Begegnung, und kein Baum dem Wanderer, darunter Schatten zu finden, es gibt nicht einmal ein Bänkchen. Die Anrainer bleiben verschanzt, eingefriedet in ihren Gartengehegen, in denen zuweilen die Angst vor Krankheit und Jobverlust nistet.

Heil Hitler haben welche in einer der kühlen Nächte vor der hundertsten Oktoberabstimmungsfeier auf die Straße gesprayt, außerdem Hakenkreuze, *AfD, fuck the police*. Als ich am nächsten Morgen über die auf gut hundert Straßenmeter verteilten Parolen und Kürzel trat, musste ich an die Erzählung meiner Vorfahren denken vom Überfall der Faschisten. Ohne Kriegserklärung waren die *Taljani* über

Split gekommen. Bald waren die Mauern und Wände mit *Viva Duce* beschmiert, die wichtigsten Straßen und Plätze über Nacht umbenannt, und auf den großen Molen baumelten Tote von Galgen.

Sie plünderten die Geschäfte, verordneten Ausgangssperren, doch mit den Warteschlangen wuchs der Mut der Verzweiflung. Unter Einsatz des Lebens bepinselten Bewohner Mauern und Landungsbrücken ihrerseits mit Parolen. Was da geschrieben stand? *Sloboda narodu* oder auch *Smrt fašizmu*.

Am Morgen nach den Feiern zum hundertsten Jahrestag der Kärntner Volksabstimmung fand man die *Stätte der Einheit* im Zentrum von Klagenfurt von Unbekannten *geschändet*. Selten waren sich Vertreter unterschiedlicher Lager so einig wie in der Empörung über das freche *Zündeln* einiger *Unbelehrbarer*, ausgerechnet jetzt, da man die letzten Glutnester früherer Grabenkämpfe endlich ausgelöscht glaubte. Schnell war das Denkmal gereinigt. Was nachwirkt, ist nicht seine Schändung, sondern die eines Leitspruchs. Was bleibt uns denn anderes übrig, als dem verfluchten Faschismus vereinigt den Tod zu wünschen, solange uns die Schatten der Vergangenheit streifen, auch wenn sie jetzt nicht mehr herrschen, nicht in den Stadtranddörfern, nicht an der Stätte der Einheit, dem bezeichnenden Abbild der alten Kärntner Gewohnheit, die in der Minderzahl sind, ins Vergessen zu rücken. Auch ohne die jüngste *Schändung* ist dieses Mahnmal Schande, ein mit Eisernem Kreuz besiegeltes Lippenbekenntnis. Jedes deutsche Wort bricht an der zweiten Sprache, die es beinhart verschweigt.

Dennoch spielt, wer das Mahnmal mit *Smrt fašizmu* besprüht, all jenen in die Hände, die in Wutreflexen das

Übel nicht im Denkmal, sondern in der Botschaft seiner *Schänder* suchen. Ob die dummen Schmierer damit gerechnet haben?

Man hat das *Heil*, das sie meinen, mit Asphaltlack getüncht, aber die Botschaft bleibt. Die einen gehen verloren, während die anderen entrückt Einheit und Frieden besingen und einander mit Fäusten und Ellenbogen grüßen.

Sich Frieden nehmen wollen, ohne Frieden zu geben? Man hätte das Jubiläum der Kärntner Volksabstimmung zum Anlass nehmen können, die Gassen, Straßen und Plätze der einstigen Unheilstifter endlich umzubenennen, den geehrten Kriegs-Herren Male für diejenigen entgegenzusetzen, die für die Liebe standen, zum Beispiel den *Engel von Auschwitz*, wie man die Kärntnerin Maria Stromberger nannte. Freiwillig ließ sie sich als junge Krankenschwester zum Dienst in Polen verpflichten, um die Häftlinge dort mit Nahrung, Waffen, Lektüre und Medizin zu versorgen, also Leben zu retten. Hierzulande blieb sie zeitlebens unbeachtet.

Wer könnte sich je vorstellen, wie viele Liebende, Friedensstifter, Retter das Land hervorgebracht hat, solange sie unsichtbar bleiben?

Ich wünsche mir beizeiten eine zentrale Straße mit Bäumen zu beiden Seiten für Ingeborg Bachmann, und ebenfalls im Zentrum eine Gert-Jonke-Gasse, einen Platz an der Sonne für Christine Lavant – und eine freundliche Stätte unserer Kärntner Einheit ohne Eisernes Kreuz, aber in beiden Sprachen.

Hoilalilahoilala

Weißt du noch? Wie du dich drei oder vier Sommer nach deiner schweren Herzoperation eines frühen Morgens nach vergeblichen Anrufungen deines erbarmungslosen Regengotts und mehreren ebenso nutzlosen Flüchen gegen uns faule Langschläfer in den Garten aufmachtest, um deine vom Verdorren bedrohten Kräutlein zu gießen, und wie dich ein plötzlicher Schwindel zwang, den Gartenschlauch fallenzulassen und taumelnd dein Bett aufzusuchen, von wo aus du hilflos riefst, ich möge dir dein batteriebetriebenes Handgelenkblutdruckmessgerät bringen, und wie ich, noch schlaftrunken, aber gleich von Null auf Hundertachtzig in Erwartung des Schlimmsten herbeieilte, dir die Manschette anzulegen – unvergessen dein Keuchen und Seufzen beim Knistern des Klettverschlusses, als er sich begleitet von leisem Brummen nach dem Betätigen des Einschaltknopfes immer fester um dein Handgelenk zog –, und wie du mich stolz und verlegen ansahst, die Stirn von kaltem Schweiß glänzend, und mich ermahntest, nicht traurig zu sein, wenn es bald so weit wäre, stattdessen ein Lied anzustimmen auf dein gelebtes Leben: *Hoilalilahoilala, umro miko hoilala!* Wie von Sinnen stürzte ich aus dem Schlafzimmer, um dein *Hoilalilaho ...* nicht länger ertragen zu müssen, in das sich das schauerliche Piepen mengte, mit dem das Blutdruckmessgerät nicht nur jeden Schlag deines launenhaften Herzens verriet, sondern auch jeden seiner Aussetzer. Mit zugehaltenen Ohren rannte ich ziellos durchs Haus, dann in den Garten hinaus, den Wasserhahn abzudrehen – ha, du würdest wohl für dein Basilikum sterben, mir kann es gestohlen bleiben!

Dann überwand ich mich endlich, nach dir zu sehen. Fand dich reglos liegend mit geschlossenen Augen. Schlich dicht an dich heran, starrte auf das Stück Stoff, das deine Brust bedeckte, bis ich mir sicher sein konnte, dass es sich hob und senkte, und hoffte, bloß wieder gefangen zu sein in deinem bösen Spiel, wie immer als kleines Kind, wenn ich mein Ohr an dich drückte, um deinen Puls zu erfühlen und dir die Augenlider gewaltsam zu öffnen suchte, winselnd und hohl vor Angst, bis du plötzlich aufsprangst mit deinem *Buhuhuuu*, närrisch und quietschlebendig!

Beim zweiten Nachsehen dann, inzwischen war es Mittag, fand ich dein Bett aber leer. Ich rief dich, lief durch die Zimmer und auf die Veranda hinaus, ängstlich, dich leblos zu finden, gestürzt auf der Suche nach Pillen oder ein wenig Frischluft, rannte zur Aleja, sogar an den Strand hinunter, suchte das flache Meer nach einem Körper ab. Später fand ich dich in einer Ecke des Gartens. Hinter den weißen Laken, die dort von den Leinen hingen, waren Rauchschwaden aufgestiegen – und als ich mich wütend anschlich, tratst du paffend hervor, grinsend und reuelos ob meiner Schimpftiraden, die Wäsche nähme sich schließlich nicht von selbst von der Leine.

Weißt du noch? Wie ich elf Jahre danach im Garten des Altenheims sagte, eine wie du sei zu trotzig, um einfach so abzutreten, nachdem du geargwöhnt hattest, demnächst das Feld zu räumen?

Dein Tod war mir mit den Jahren, bei allem, was du überlebt hast, unwahrscheinlich geworden – trotz der vereinzelten Anrufe der Zagreber Verwandten, die uns weismachen wollten, dass es nun aber wirklich bald so weit sei mit dir. Wohl brach ich nach so einem Anruf fast immer sofort zu dir auf, doch mehr, um mir zu beweisen, wie falsch die Verwandten lagen – und wieder ein Foto zu schießen für das Archiv letzter Bilder, die doch nichts anderes bewiesen, als dass es mit uns beiden endlos so weiterginge. Fehlalarm wieder und wieder. Und als es zu Weihnachten hieß, du seist wieder einmal schwach, würdest seit zwei, drei Tagen jede Nahrung verweigern, man habe dich sogar auf die Krankenstation des Altenheims bringen müssen, erschien es nicht ungewöhnlich. Der obligate Besuch würde sich einrichten lassen, aber, schön mit der Ruhe!, diesmal erst übermorgen, weil es ein Leben gibt neben dem Todesspektakel, Verabredungen mit Freunden, die Karte fürs Theater ... Die Fahrt dorthin gegen Abend, das Autoradiogedudel schon nach zwei, drei Minuten vom Klingelton unterbrochen, ein Knopfdruck und Mamas Schluchzen kroch durch die Freisprecheinrichtung, mein Kehrtmachen wie in Trance – aber warum jetzt wenden? Um es den Kindern zu sagen! –, ein kurzes einander Umarmen, der schnell gefasste Entschluss, doch ins Theater zu fahren, weil der Trost hier nicht reichte.

Dort das Ringen um Fassung, wie immer, wenn etwas passiert war, das ich nicht teilen mochte, weil ich es selbst nicht kapierte. Und als das Bühnenlicht anging und mich ins tröstliche Dunkel der Zuschauerränge tauchte, die Vorstellung deines Meuterns ob meiner heidnischen Zweifel: *Wie kannst du es wagen, Kind, jetzt nicht daran zu glauben, dass ich ganz bei dir bin, mehr denn je, überall! Das Schöne am Geistsein ist spuken! Und hab ich's dir nicht versprochen, als es mir noch vergönnt war, das Blaue vom Himmel zu reden?*

Weißt du noch, wie du versprachst, eines gesegneten Tages vom Himmel aus auf mich zu blicken, mit schelmisch blitzenden Augen, ungetrübt auch das blinde und ohne den

Mehltau der Greisen? Jahre zuvor die Erzählung, du seist auf dem Flug nach Moskau in den Fünfzigerjahren schon einmal dort oben gewesen, könntest also bezeugen, dass sich über den Wolken weder Engelein noch Gottgestalten tummeln. Wie brachtest du es zusammen, in einem einzigen Leben so viel auf einmal zu sein, Ausbund von Kraft und Gewalt? Mein Klatschen an jenem Abend galt gewiss nicht dem Stück, an das ich mich nicht erinnere.

Beginn eines neuen Jahres, das Zählen der Tage rückwärts. Immer waren es zu viele. Was haben wir gesprochen? Wo ist das letzte Foto? Sich an Erinnerung klammern, sie in kurzen Notizen dem Vergessen entreißen … Weißt du noch, wie du gelacht hast, als ich damals sagte, eine wie du sei zu trotzig, einfach so abzutreten? Woran bliebe einer zu sterben, die alles überlebt hat, Typhus, Hunger und Krieg, ein blutendes Magengeschwür, die Angst und die Angsttabletten, die aufgewärmten Brudettos, Millionen von Zigaretten? Ich wette, selbst die Seuche hättest du überlebt, wär's dir vergönnt gewesen, sie überhaupt noch zu erleben; nur vor dem Zugriff der Zeit hülfe meiner Heldin nicht einmal ein Schützengraben. Stirb, hab ich manchmal gedacht, dann hab ich es hinter mir!

Dein Fortgang kam ungelegen. Nie war die Unlust größer, mich für dich aufzumachen, im Wissen, dich nicht zu finden. Die Kinder, der Vater, der Bruder fanden keine Zeit für eine Extrareise, vom Kindsvater ganz zu schweigen. Mama und mir blieb nichts übrig, als der Not zu gehorchen und nach schlafloser Nacht frühmorgens aufzubrechen, um mit den nächsten Verwandten und den wenigen Leuten, die dich jetzt noch vermissten oder zumindest so taten, die Frau zu Grabe zu tragen, die mir Mutter sein wollte.

Wir nahmen uns in die Arme, tauschten wortkarg Blicke im kleinen Aufbahrungszimmer im Einäscherungsgebäude. Wildfremde traten ein, verneigten sich vor der Kiste mit dem blauroten Bahrtuch, seufzten, bekreuzigten sich, reichten uns die Hände, raunten etwas von Beileid und verkrümelten sich. Ich rief mir derweil ins Gedächtnis, wie ich mir seit dem Vorfall nach deinem Gartengießen mehrmals ausgemalt hatte, in einem irren Drehtanz durchs Aufbahrungszimmer zu wirbeln, wenn es mit dir so weit sei, vorm Sarg auf die Knie zu fallen, auf allen vieren zu kriechen und dabei laut zu singen – *Hoilalilahoil…!* Jetzt aber stand ich versteinert und schaute blöd aus der Wäsche im stummen Familienhalbkreis und wusste mir nichts anderes gegen die Trostlosigkeit und die Verkapselung in einer Art Verzweiflung, als mit dem Cousin zu witzeln. *Psssst!* Mama und der Onkel sollten es nicht bemerken.

Alles blieb lächerlich. Auch dein Sarg: lächerlich. Du Säbelrasslerin, schwerhörig, halbblind und wackelig auf den kaputten Beinen, und doch bis zum Schluss überzeugt, bei Einbrechern Eindruck zu schinden mit der alten Beretta, die ungeladen und rostig unter dem Kopfpolster lag in deiner Winterwohnung. Eine wie dich in die Kiste zu sperren, gelänge auf Erden keinem. Was mochte da drinnen sein? Ein paar blaugefrorene, nutzlos gewordene Beine? Eine geteerte Lunge? Die trockene Engelszunge? Oder das Kopfhautgeschwür, das ich ertastet hatte, als ich dir beim Besuch, von dem ich natürlich nicht wusste, dass er der letzte bliebe, das Haar zum Zopf flechten wollte? Oder vielleicht die Hände, die mir Granatapfelfleisch zwischen die Lippen schoben, mich streichelten, tätschelten, schlugen, oder speichelbenetzt den Dreck von den Kindswangen wischten? Die lieben, samtweichen Hände, die meistens nach Lorbeer rochen, Fisch, Rauch, Kartoffelteig – und irgendwann nur noch nach Seife oder billiger Creme?

Zwei weitere Fremde kamen, schritten wie Faktoten mit Profibetroffenheitsmienen in stockdunkler Pracht und Würde zielstrebig in unsere Mitte, packten den Katafalk mit der verhangenen Kiste, um ihn gemessenen Schritts aus dem Zimmer zu rollen. Wir, die nahen Verwandten, folgten ihnen wie Schafe in die zugige Halle, wo ein paar Fremde harrten, Nachbarn und Freunde des Onkels, wie man mir später sagte. Von deinen eigenen Freunden war keiner übriggeblieben, weil's dir gelungen war, alle zu überleben, auch alle neun Geschwister bis auf die jüngste Schwester, inzwischen weit über achtzig und kaum noch reisefähig.

Die beiden Uniformierten nahmen den Sarg von der Bahre und platzierten ihn punktgenau über der Luke, oder war's eine Falltür?, auf dem Marmorboden einer kniehohen Bühne. Ein Geistlicher kam, schau an!, hob an zur Trauerrede, nannte deinen Namen, und die mit deinem Namen eine *Schwester im Glauben*. Ich blickte hilflos zu Mama. *Mir schwindelt*, wollte ich rufen, beschloss aber, nichts zu sagen. Goldkreuz, geweihtes Wasser. *U ime oca i sina ...!* Der Sonnenschein draußen. Der Kreislauf. Keiner da, mich zu stützen oder Blutdruck zu messen. Der Schaukasten mit den Parten, den ich vorhin studiert hab: Auf deiner Todesanzeige hatte man meinen Namen mit nur einem N geschrieben, als weinte nur die um dich, die du viel lieber mochtest als die mit der anderen Sprache, der du nicht einmal meine vier Buchstaben gönntest. Dem auf dem Zettel daneben, dem *Branitelj domovine*, Krieger der neuen Heimat, war kein langes Leben beschieden, nicht einmal die Hälfte an Jahren ...

Ich glotzte wie gerädert auf diese Totenkiste, um die sich nun alles drehte, im Wissen, dass schon morgen nichts davon übrig wäre bis auf ein Häufchen Asche. Und gut so, dachte ich mir, wer braucht schon nutzlose Beine, eine Raucherlunge, ein geflicktes Herz oder eine auf immer zum Schweigen verdammte Zunge? Sie können, so dachte ich, auch die Augen entsorgen, das blinde genau wie das schwache, die morschen Knochen und auch die kraftlosen Hände, die nicht mehr zum Streicheln taugten, geschweige denn zu einer Watsche. Wer sollte all das betrauern?

Sie würden dich doch nicht kriegen, wenn sie die Kiste nach dem ganzen Theater in den Nachmittagsstunden in einen Ofen schöben. Du nämlich würdest vor Trotz selbst tausend Grad überleben und das Altfleisch verlachen, das darinnen schmorte, da du es nicht mehr brauchtest, dein Unwesen weiter zu treiben. Schließlich hattest du längst von anderen Besitz genommen, dich nicht nur ins Blut eingeschrieben, sondern auch in die Hirne deiner eigenen Kinder mit deiner Gottesfurcht, liebe Schwester im Glauben, oder dem Heldenmut, der auch mich überdauert wie die Schauergeschichten, die Bomben und Gasgranaten, die Winter von Siechtum und Hunger, die du uns aufgehalst hast, selbst den Urenkelkindern.

Der Pfarrer schloss seine Rede. Fast alle bekreuzigten sich, während ich widerstand, das Kinn in die Höhe zu recken, die Fingerspitzen der Rechten knapp über meiner Schläfe, den Blick ins Weite gerichtet, die Hacken zusammengeschlagen, wie der Kapetan auf der Kommandobrücke seines sinkenden Schiffs, von dem du immer erzählt hast, während ich daran dachte, wie dem tapferen Helden das Meer die Schuhe benetzte, die Hosenbeine umspülte, irgendwann bis zum Hals stand und sich ganz zum Schluss mit dem salzigen Wasser seiner Augen mengte, ehe die erste Welle seine Stirn bedeckte. Musik erklang aus den Boxen. Die Falltür öffnete sich. Mama begann zu schluchzen, während es mir schwer fiel, ein Lachen zu unterdrücken, weil ich mir vorstellen musste, wie du bei der Leichenbeschau vor der Feuerbestattung, während der Pathologe sich aufmerksam über dich beugte, um jedes Lebenszeichen endgültig auszuschließen, plötzlich aufspringen würdest mit einem lauten *Buhuhuuu*, närrisch und quietschlebendig!

Du bist nicht totzukriegen.

Der Gottesmann schritt von dannen. Einer sang vom Band, aber das falsche Lied: *Moj lipi anđele* – ah, du mein schöner Engel! Wenn sie schon Oliver spielen, den du zeitlebens liebtest und schließlich um mehr als ein Jahr, ein Vierteljahrhundert älter, elegant überlebtest, dann lieber eines der älteren, dir geläufigen Lieder, *Galeb i ja* zum Beispiel, das du so gerne mochtest, weil es so zu dir passte!

Moj lipi anđele. Mama kannte kein Halten. Sie war seit Kindesbeinen eng mit dem Sänger befreundet und heulte jetzt genau wie anderthalb Jahre zuvor, als sie die Nachricht vom Tod des Jugendgefährten ereilte und sie im Radio mehrere Tage lang nur seine Lieder spielten. Als ich Wochen später bei einem Besuch zu dir sagte, Oliver sei gestorben, meintest du nur *Ach, wirklich?* Da ist mir klar geworden: Für eine fast Hundertjährige verliert selbst der Tod seinen Schrecken.

Warte, gleich werde ich tanzen, während die andern so tun, als würdest du nun höchstselbst im marmornen Boden verschwinden.

Der Sargversenkapparat kam gehörig ins Ruckeln. Bestimmt gab es bessere Modelle, solche mit Bremsgetriebe, modernen Fliehkraftreglern für einen sanfteren Abgang.

Was war ich übernächtig! Ich drehte den Blick nach innen, sah uns beide am Strand, zwei Herzen und eine Seele, sah uns lachen und streiten – unbeugsame Figuren. Der frische Tang schwirrte im Wind. Waren es Rosenblüten? Ich fühlte den brennheißen Sand unter den Kinderfüßen. Wir standen Hand in Hand, deine zerfiel zu Asche, weil ich sie zu fest drückte. Und endlich schluchzte auch ich beim Anblick der hölzernen Kiste in der Bodenvertiefung. Man würde ihn erst wieder heben, wenn sich die Trauergemeinde endlich verzogen hatte, und hoffentlich machte sie schnell, wo doch Hochbetrieb herrschte auf dem Mirogoj-Friedhof nach Weihnachten und Silvester, der Parkplatz gerammelt voll, gestorben wird schließlich immer. Man dreht sich noch nicht einmal um, schon kommen sie mit den Kränzen für den Nächstgereihten, den *Branitelj domovine* oder einen andern. Und Olivers Stimme verklang, während mir wieder einfiel, was ich dir mitgeben wollte auf deine letzte Reise, und ich leise flennend als eine der letzten im Saal in den Behälter griff, dir eine Faust Rosenblüten in das Loch nachzuwerfen. Zuletzt fiel mein Blick auf ein Blättchen, herzförmig, grapefruitfarben – sein Leuchten auf dem Bahrtuch machte mich dankbar lächeln.

Deine letzte Ruhe fändest du im Sommer.

Weißt du noch? Wie du auszogst aus unserer Welt am Meer, ohne jede Warnung. Ich hatte auf dich gewartet. Da hast du angerufen, von deiner Schwäche gesprochen und dass man in deinem Alter besser in der Nähe eines Spitals bleiben solle. Ich hatte den Hörer wütend auf die Gabel geknallt, wollte nicht und nicht einsehen, dass ich in unserer Welt endgültig ohne dich bliebe, für immer von der verlassen, bei der ich mehr Kind war als sonst wo. Das Seltsamste an deinem Auszug: Du wolltest von unserer Welt fortan gar nichts mehr wissen, hast dich nie mehr nach Haus und Garten erkundigt, nicht nach dem geliebten Meer, nicht einmal nach dem Regen, den du immer ersehnt hast oder auch nur danach, ob wir die Kräutlein gießen, für die du Jahre zuvor beinahe gestorben wärest. Du wolltest auch nicht mehr wissen, ob wir am Wasser sparen, am Strom oder sonstigen Dingen, ob wir für Ordnung sorgen oder bei jedem Einkauf aufs Sonderangebot achten.

Neun Sommer lang musste ich warten, bis du wieder ins Haus kamst, als Überrest immerhin. Ich habe ihn nach meiner Ankunft im Kleiderkasten gefunden. Zwischen gestapelten Laken und bunten Sommerkleidern stand diese weiße Schachtel. Und als ich Mama darauf ansprach, lachte sie bloß und fragte, ob es mich irritiere, für die nächsten Wochen das Zimmer mit dir zu teilen. Ich sagte, es sei mir nur recht, so schliefe ich vielleicht besser, und machte mich daran, den weißen Karton zu öffnen. Was sich darin befand? Eine bronzene Büchse, und, Babuschka lässt grüßen, in ihr eine weitere Kapsel. Doch so sehr ich mich plagte, der Deckel ließ sich nicht öffnen.

Mama beschloss irgendwann, dass es an der Zeit sei, sich deiner zu entledigen, schließlich sei es kein Zustand, dich länger herumstehen zu lassen, auch eine wie du müsse schließlich einmal zur Ruhe kommen.

Ich setzte mir in den Kopf, dich zum Friedhof zu tragen – auf deinem letzten Weg gingen nur wir beide, wie in den guten Tagen, wenn deine kranken Beine nur ein klein wenig schmerzten und dir der Atem reichte, die zwei Kilometer zu gehen. Weißt du noch? Wie das war. Die frühen Abendstunden. Das Tausendmalstehenbleiben. Doch sobald wir das Tor des kleinen Friedhofs erreichten, wurde dein Gang beschwingt, erleichtert beim Anblick der in Stein gemeißelten Namen, die deine Hoffnung nährten, dass es, würdest du weiterhin heimlich beten, immer die andern träfe.

Wieder ein Abschiedstag. Mama meinte, der Steinmetz werde in knapp einer Stunde am Friedhof zur Stelle sein, um die schwere Platte von der Mauer zu heben und gegen die neue zu tauschen, sobald die Urne endlich an ihrem Bestimmungsort wäre. Die Beisetzung selbst erfolge im engsten Familienkreis, ohne geistlichen Beistand oder Trauerrede.

Ich nahm dich aus der Kiste, schoss ein paar letzte Fotos, Selfies mit Aschegefäß. Die Sonne brannte vom Himmel, obwohl es schon knapp nach fünf war. Zwei Kilometer noch bis zu deiner letzten Ruhe.

Wie willst du mit einer Urne durchs ganze Dorf marschieren?, hörte ich Mama fragen. *Ich könnte die Kariola oder die Strandtasche nehmen.* Sie meinte, das schicke sich auch nicht, außerdem sei es zu spät für einen so langen Fußmarsch, der Steinmetz müsse bald da sein. So ging das hin und her, bis sie mich so weit hatte, mit ihr und den Kindern und Martin ins brennheiße Auto zu steigen. Und als wir ins Rollen kamen, erkundigte sich einer, ob wir vollzählig seien. *Halt*, rief ich erschrocken, *wir haben sie vergessen*, und lief ins Haus, dich zu holen. Beim Friedhof angekommen, hockten wir im Schatten der mannshohen Friedhofsmauer, um auf den Steinmetz zu warten. Als Mama ihn endlich anrief, gestand er, den Termin völlig verschwitzt zu haben. Ob wir ihn verschieben könnten? *Nein*, fuhr Mama auf, es müsse nun Schluss sein mit Warten.

Eine Stunde später brauste der Steinmetz heran, gemeinsam mit einem Gehilfen und ein paar Schraubenschlüsseln und einem Wassereimer. Dann hob er die Platte ab, die seit einem Vierteljahrhundert die Mauernische verschloss, in der die Überreste deines Ehemanns standen. Weißt du noch? Wie du immer deinen Finger geküsst hast, ehe du zärtlich über die Tafel strichst? Jetzt stellte dich der Onkel neben die Großvatervase, ehe sich der Steinmetz an die Arbeit machte. Just in dem Moment huschte eine Echse aus einem Spalt in der Mauer, eine *Tarantela*, wie die Leute hier sagen, verharrte sekundenlang, krabbelte flink zu Boden und verharrte wieder.

Weißt du noch, wie du immer vor der Grabtafel knietest, während ich gelangweilt von Grabstein zu Grabstein schlenzte? Und wie du immer sagtest, wenn du nicht mehr wärest, würde ich endlich sehen, wie gut ich es bei dir hatte? Und wirklich, ich bin dir so dankbar: Wo wäre ich ohne dich, die mich unentwegt Trotz und Genügsamkeit lehrte, Liebe und Dankbarkeit, Zähigkeit, Tatendrang – und unsere liebe Sprache.

Nie vergesse ich, wie du mich immer fragtest, ob ich einst um dich weinen und an dein Grab kommen würde.

Sei dir meiner Trauer sicher. Aber dein sanfter Tod versöhnt mich mit dem Verlust, sooft ich daran denke, was mir der Onkel erzählte. Wie war ich ihm verbunden für die wenigen Sätze, die mich teilhaben ließen an deinem stillen Aufbruch! Du habest am Vortag ein wenig vom kalten Stockfisch gegessen, den er dir mitgebracht hatte, aber nach zwei, drei Bissen entkräftet und lächelnd gemeint, dass du nun nicht mehr könnest, und dabei mit der Linken wie zum Abschied gewinkt. Und ich stellte mir vor, wie du nach dem Kleinwenig von deiner Lieblingsspeise, der *Bakalar* galt dir seit jeher als seltene Festtagsfreude, zum ersten Mal wirklich satt warst nach all den Jahren des Hungers, der dich zeitlebens quälte, selbst als die Teller gefüllt waren und die Knappheit der Kindheit und selbst der Krieg überwunden. Du sagtest *Ne mogu više*, und schautest beinah beschämt, als sei es eine Schande, dass selbst eine wie du eines gesegneten Tages genug von allem hatte. So sagte es mir der Onkel. Am nächsten Tag habe er dich in tiefem Schlaf vorgefunden und erst gar nicht versucht, dich zum Essen zu wecken. Zwei Stunden sei er geblieben, zu warten, ob du erwachtest, aber alles Warten sei vergebens gewesen. So sei er gegen zwei wieder nach Hause gefahren. Um vier sei der Anruf gekommen.

Ich werde so gut ich kann unsere Stellung halten, Wunder nehmen am Garten und dem, was du darin sätest, dein Angsterbe tapfer verwalten, dann und wann mit dir ringen und mich ab und zu zwingen, an dein Versprechen zu glauben, von irgendwo dort oben auf mich herabzublicken. Und wenn es mir einmal gelingt, wirst du mir wohl erscheinen, vielleicht in Gestalt einer Möwe.

Das ewige Dort

> Du meinst dich am Ausprobieren, aber
> auf einmal siehst du: Hoppla, das ist schon
> mein Leben – und nur in der Randständig-
> keit ist noch Frieden zu finden.

It's important for me that you leave my country with good impressions, sagt der Taxifahrer auf der langen Fahrt zum Imam Khomeini Airport, und dabei fällt mir ein, wie sich die Frau aus Deutschland, als wir Tage zuvor auf dem Podium saßen, auf einmal zu mir beugte, um mir zuzuflüstern, dass man gar nicht wisse, was man hier sagen dürfe, und beim Anblick der vergilbenden Märtyrerbilder auf den Heckscheiben überholender Autos denke ich *Was für ein Land!* und sage nichts und will bleiben, denn im Rückspiegel taucht das trauerflorbehängte Bild eines Landsmanns auf, den erst die Himmelfahrt endgültig zum Märtyrer machte.

Wie viele Peitschenhiebe setzt es im Paradies für 1,8 Promille?

Ich sehe Nelkenblüten, von einem launischen Herbstwind übers Pflaster gejagt, und Kränze in Rotgelbweiß mit pechschwarzen Trauerschleifen und reizenden letzten Grüßen, und tausend brennende Kerzen just an jenem Ort, an dem der Verunglückte einen Betonpfeiler rammte, die Fotos und roten Rosen, die Herzen und Treueversprechen oder Anprangerungen vermeintlicher Attentäter. Ich sehe Malo Polje, die Trümmer der Schisprungschanze, auf der es der Deutsche Jens Weißflog zu Gold und Silber brachte, die Olympia-Ruinen auf den Minenhängen des dicht bewaldeten Igman. Wölfe gibt es hier nicht mehr, aber *Vučko* blättert grinsend von einer Wand nahe der Eiskunsthalle, in der sich die 18-jährige spätere Eisprinzessin zum ostdeutschen Goldkind schraubte und deren Überreste man nach dem Bombardement keine acht Jahre später als Leichenhalle benutzte – das Holz der Zuschauerränge von Tischlern zusammengeschustert zu prunklosen Totenschreinen. Ich sehe die Bobbahn verwildert, bemoost und graffitibesprüht, und inmitten der tödlichen Idylle steht noch das Siegertreppchen. Hier gibt es nur noch Verlierer.

Die Trommeln, Ouds und Gesänge aus dem Taxiradio verquirlen sich mit dem Gebimmel des Pfarrturms von St. Egid, während Fassaden mit Mosaiken von Blumen, Engeln und Gotteskriegern an uns vorüberfliegen, auch ein Sternenbanner, *Tod dem großen Satan*, daneben Reklametafeln für Waschmittel und Pistazien. Und wie ich jetzt auf dem Rücksitz des liebgewonnenen Saipa durch das blitzreine Fenster wieder ins Narrenkästchen schaue, taucht der Marktstand auf mit den fetten Pohačas, auf denen im späten Frühjahr tausende Wespen drängeln, und gleich daneben vor dem winzigen Blumenladen die ergraute Alte, die ihre Schlafmohnkapseln, als ruchbar geworden war, dass ihre jungen Kunden sie nicht zu den Toten trugen, sondern zum Träumen brauchten, mit goldenem Lack besprühte. Ich sehe Zeitungsfetzen über Gehsteige segeln und sich im Ginster verfangen, und mit einem Mal züngelt im Fahrtwind die rotgelbweiße Standarte, blitzt der kreuzbezwungene goldene Sichelmond auf der Pestsäulenkrone in der Morgensonne, baumelt ein Lebkuchenherz von der Rückspiegelaufhängung meines persischen Taxis, darauf in Zuckerschrift *Schatzi*.

Manchmal denke ich an Titos Elefanten. Als Sony vor zehn Jahren starb, zeigte man sich erschüttert. Lanka sei untröstlich, schrieb eine Tageszeitung.

Bald kommt die schöne Zeit! Bald steht im Schaufenster des stadtgrößten Süßwarenhändlers inmitten von Tortendekor, Taufkerzen, Backoblaten, Sternspritzern, Wunderkerzen, Engeln und Marzipanherzen, Gießblei und Ausstechformen wieder der Spanplattenteufel mit den Stecklämpchenaugen, der das Spanplattenbüblein am Hosenriemen hält und wie von Geisterhand seine mächtige Rute alle paar Sekunden in Richtung Kindsarsch schwingt. Hätt ich die Kutscherin bloß einmal verdreschen dürfen am Tag der schuldlosen Kinder, anstatt mitansehen zu müssen, wie die Nachbarsfratzen meine Mutter verhauten!

Und wie die Fächer der Palmen auf dem Alten Platz zittern, bis der Geruch von Schnee die Illusion vernichtet und die Leute vom Stadtgartenamt den tröstlichen Sommertraum auf riesige Pick-ups verladen und zum Überwintern in ein Gewächshaus bringen. Das hier ist nicht der Süden. Aber Inbild der Sehnsucht nach dem ewigen Dort. Ich will die Erinnerung in Klarsichtfolie wickeln und mich ausfragen lassen, warum ich nach Hause komme. *Das Fremdsein wird mir geläufig*, werde ich vielleicht sagen, *Ich finde, es steht mir gut.*

May you have a safe flight and find your family healthy!, ruft der Fahrer beim Abschied. *Inschallah! Inschallah!* Und ich weiß, warum ich immerzu wiederkehre: all der Lieben wegen, die irgendwann Grund genug waren – die Kinder, Eltern, Geschwister, Martin, Helga und Su und Lü und Levi ... Und du.

Nachweis

Dschinn: Erschienen in »Mein Proust-Moment. Was die Erinnerung großer Autorinnen und Autoren zum Blühen bringt«, hg. von Anton Thuswaldner, Salzburg: Müry Salzmann 2021.

Faust zum Gruß: In Anlehnung an die Rede »Zur Lage der Kultur« anlässlich der Verleihung des Kärntner Landeskulturpreises im Dezember 2020.

Und Heimweh hab ich nur zu Haus: In Anlehnung an die Rede anlässlich 100 Jahre Ende des Ersten Weltkrieges bei der grenzüberschreitenden Veranstaltung »The war is over, if you want it« im November 2018.

Kindermund: In Anlehnung an die Rede im Rahmen des Festaktes des Landes Kärnten für die Vergewaltigungsopfer des Kärntner Kinderpsychiaters Franz Wurst im Januar 2020.

Umzug auf Zehenspitzen: Essay anlässlich 100 Jahre Kärntner Volksabstimmung für die Ö1 Kunstgeschichten vom 4. Oktober 2020.

Inhalt

Divân mit Schonbezug ____ 7
Besser ____ 21
Tausendmal schöner als Ihr ____ 22
Sonst nicht ____ 25
142 km/h ____ 41
Der gute Onkel aus Amerika ____ 43
La, la, la ____ 50
Heimathafen ____ 51
Umzug auf Zehenspitzen ____ 52
Dida Stijepan ____ 67
Und Heimweh hab ich nur zuhaus ____ 68
Nazar ____ 72
Dschinn ____ 73
Jerusalem ____ 79
Kindermund ____ 81
Kino ____ 86
Schöne Tage ____ 89
Schweigen in Vergangenheitsform ____ 93
Selfie im Bambiland ____ 96
Gummi, Gummi ____ 99
Wie im wirklichen Leben ____ 105
Meermanns Garn ____ 106
Kugel-Kugel-rot ____ 111
Wohin aber jetzt mit Gert Jonke? ____ 113
Tinnitus ____ 118
Abwesenheitsnotizen ____ 120
Der Duft von Pistazien ____ 131
Faust zum Gruß ____ 132
Hoilalilahoilala ____ 135
Das ewige Dort ____ 148